公主傳奇 之 ⑭

捍衞國土的公主

 馬翠蘿　著

 靛　圖

U0060931

新雅文化事業有限公司

www.sunya.com.hk

公主傳奇

捍衞國土的公主

作　　　者：馬翠蘿

繪　　　畫：靛

責任編輯：曹文姬

美術設計：李成宇

出　　　版：新雅文化事業有限公司

　　　　　　香港英皇道499號北角工業大廈18樓

　　　　　　電話：(852) 2138 7998

　　　　　　傳真：(852) 2597 4003

　　　　　　網址：http://www.sunya.com.hk

　　　　　　電郵：marketing@sunya.com.hk

發　　　行：香港聯合書刊物流有限公司

　　　　　　香港新界大埔汀麗路 36 號中華商務印刷大廈 3 字樓

　　　　　　電話：(852) 2150 2100　傳真：(852) 2407 3062

　　　　　　電郵：info@suplogistics.com.hk

印　　　刷：中華商務彩色印刷有限公司

　　　　　　香港新界大埔汀麗路 36 號

版　　　次：二〇一四年七月初版

　　　　　　10 9 8 7 6 5 4 3 2 1

版權所有‧不准翻印

ISBN：978-962-08-6176-5

© 2014 Sun Ya Publications (HK) Ltd.

18/F, North Point Industrial Building, 499 King's Road, Hong Kong

Published and printed in Hong Kong

目錄

第 1 章　明天去旅行囉

「嘭、嘭、嘭、嘭……」

聲音是從皇宮中的嫣明苑某個房間傳出來的。

嫣明苑搞裝修？

讓我們到聲音發出的地方去瞧瞧吧！啊，原來是曉星的房間，那傢伙正在做一個高難度動作——一邊拿着手機打電話，一邊在牀上蹦跳，跳一下彈簧牀墊就發出「嘭」的一下響聲。

「喂，小強，我是曉星。」

「曉星，你在幹嗎？怎麼聽到怪怪的聲響？」

「我在做運動呢！小強，我們考完試了，明天開始學校放假，我們準備去丹麥旅行呢，萬卡哥哥也去。萬卡哥哥很忙很忙，所以很難有時間跟我們一塊去旅行，這次是破天荒第一回呢！」

「哇，曉星你真厲害，能跟萬卡國王一塊去旅行。我連一個國王真人都沒見過呢！」

「見國王也沒什麼啦！」曉星心裏得意，不禁吹起了牛皮，「我可是全世界所有的國王都見過了……」

「曉星！」突然而來的一聲尖叫，嚇得曉星一下子站不穩，跌坐在牀上，手機也脫手而出，掉到地上。

「姐姐，你幹嗎呀，你難道不知道『人嚇人，嚇死

人』這句話嗎！」曉星撿起落在牀上的手機，埋怨那個突然衝進來的女孩。

曉晴雙手叉腰，兇巴巴地說：「那你又知不知道，『噪音可以殺人』這句話！你這樣跳啊跳啊，把我的小心臟都快震碎了。」

曉星一臉無辜，說：「姐姐，你那小心臟可真脆弱啊，在隔壁都受不了！我處在噪音中間，但一點事也沒有。」

曉晴道：「壞小子，你還嘴硬，看我鷹爪功侍候！」

曉星見曉晴張牙舞爪撲過來，嚇得趕緊跳下牀，吱溜一下從曉晴身旁溜出了房間。

「小嵐姐姐，救命！」他氣吁吁地跑到小嵐那裏，看見萬卡哥哥也在，便一下撲到他懷裏，「萬卡哥哥，有人欺負我！」

那個溫潤秀氣的年輕國王摸摸曉星的腦袋，說：「呵呵，誰敢欺負我們古靈精怪的曉星啊？」

小嵐瞪了曉星一眼：「誰敢欺負他！我想，八成是他闖禍在先。」

曉星嘟着嘴說：「包大人，冤枉啊……」

話沒說完，曉晴就跑進來了，她上氣不接下氣的，一手指着曉星：「你這、這……」

萬卡笑着說：「好啦好啦，真是小孩子。別鬧了，

明天一早就要出發，你們早點睡吧！」

曉星朝曉晴眨了眨眼：「喂，聽到沒有，小孩子別鬧了。」

曉晴朝他揚揚拳頭：「這記拳頭我先給你存着！」

不過，畢竟他們是最聽萬卡哥哥的話的，所以都不再鬧了。

大家正在商量明天幾點起來，突然聽到有人在門外喊了一聲：「小嵐公主。」

小嵐聽到忙應了一聲：「誰呀？」

「我是瑪婭。曉星少爺在嗎？笨笨找他呢！」

「笨笨！笨笨！我想死你了！」曉星一聽忙向門口跑去。這星期要考試，他已經有好幾天沒見到笨笨了。

沒跑幾步，一隻粉紅色的、圓碌碌的小粉豬便竄了進來，停在屋裏一幫人中間。那雙黑亮亮小眼睛搜索了一番，便鎖定了牠的小主人。邁着兩條小粗腿奔到曉星跟前，仰起頭叫了起來：「喵——喵——」

小伙伴們都驚呆了！

笨笨不是一隻豬嗎？為什麼會——「喵——喵——」？

「我見這幾天曉星少爺考試，沒空跟笨笨玩，就讓牠跟小花貓一塊玩。沒想到，兩天之後，牠就……」瑪婭忍不住撲嗤一聲笑了。

「哈哈哈哈……」屋裏所有人全都笑得東歪西倒，

捍衛國土的公主

曉晴笑得捂着肚子「哎喲哎喲」地叫疼。

曉星得意地説：「我早就説笨笨應該叫聰聰嘛！事實證明，牠簡直是個天才，竟然會説兩種語言！」

笨笨本來被大家笑得有點莫名其妙，聽到曉星稱讚，不由得驕傲地把小尾巴搖得「霍霍」作響。

曉星抱起笨笨，對萬卡説：「萬卡哥哥，我們把笨笨帶上，一塊兒去旅行好不好？」

曉晴馬上表示反對：「不行。我不想發微博時，讓人説『曉晴和豬在一起』。」

「我也反對，出入境時多麻煩啊。」小嵐説完，又哄曉星，「你乾脆在這段時期讓他多交點朋友，反正這宮裏狗呀、馬呀、雞呀、小白兔呀都有，到我們回來時，説不定你這天才小豬已經會説很多種語言了。」

曉星眼睛骨碌碌地轉着：「咦，小嵐姐姐説得也有道理。好吧，我就給笨笨創造機會，讓牠成為二十一世紀超級小粉豬！」

笨笨抬頭看着小主人，又喵喵地叫了兩聲，看樣子牠對成為超級小粉豬十分嚮往。

萬卡笑着對曉星曉晴説：「好啦，你們快回去收拾行李吧！早點睡覺，明天早上七點準時起牀，別賴牀啊！」

「是，萬卡哥哥！」曉星搞笑地給萬卡敬了個禮，抱着小粉豬回房去了。

曉晴跟萬卡和小嵐說了晚安，也走了。

屋裏又只有萬卡和小嵐兩個人。萬卡拉着小嵐的手，讓她在自己身邊坐下。也許是應付考試吧，他覺得小嵐好像比以前瘦了點，不禁心痛地說：「考試很辛苦吧？看你，下巴更尖了。」

「這樣不更好嗎？人家都說女孩錐子臉好看呢！」小嵐笑嘻嘻地看着萬卡，說，「不過，說辛苦，也沒你辛苦呀，管理一個國家，還真不容易呢！萬卡哥哥，你簡直比超級小粉豬還要超級哦！」

「啊，你把一個國王跟一隻小粉豬相比！該罰！」萬卡伸手給小嵐一個糖炒栗子。

「嗷，好痛！」小嵐摸着腦袋大喊。

嚇得萬卡忙不迭去揉小嵐的頭：「啊啊，對不起對不起。我只是用了小小力氣呀，真的很痛嗎？」

小嵐立刻笑得東歪西倒：「哈哈，國王陛下，你真好騙！」

「你這個小狡猾！」萬卡舉手又想給小嵐一個糖炒栗子，但舉了一半又停住了，改為揑了她鼻子一下。

要知道國王陛下還真的怕敲痛了公主殿下呢！公主殿下腦袋哪怕只有一點點痛，他都會大大的心痛哦！

「鈴──」突然萬卡的手機響了，小嵐趕緊收住笑聲，玩歸玩，不能影響了萬卡哥哥處理國家大事。

「你快接電話，我去檢查一下瑪婭替我收拾的行李

9

箱，免得她又給我塞很多替換衣服。」小嵐走了出去。

儘管小嵐已經吩咐不要帶太多衣服，但瑪婭仍然給她收拾了三個旅行箱，小嵐歎了口氣，只好自己動手把部分衣服呀、化妝品呀從旅行箱拿了出來。對於一直像姐姐般照顧自己的媽明苑管家瑪婭，小嵐打從心裏喜歡，但有時還是不得不逆她的意。看，不就去幾天嘛，鞋子就給放了三雙，僅僅外衣就放了六套，還有大包小包化妝品、大盒小盒首飾、大袋小袋零食……媽呀，小嵐看得眼花繚亂，快要暈倒了。

正要找瑪婭來精簡旅行箱時，萬卡來了。小嵐詫異地看到，萬卡總是微笑的臉上此刻滿是憤怒。

小嵐從來沒有見過萬卡如此表情，驚訝地問道：「出了什麼事？」

萬卡氣憤地說：「有六名民間『保千』人士，要登上千沙島宣示主權，被黑森國巡邏艦上的軍人逮捕了。」

「什麼？！」小嵐跳了起來。

這黑森國太囂張太野蠻了，千沙島從來就是烏沙努爾國土，烏沙努爾人想登上自己國土，竟被別國逮捕，真是太豈有此理了！這可是對烏沙努爾的嚴重挑釁。

萬卡對小嵐說：「這次是民間『保千』人士自發組織的一次行動，政府事先也不知道，所以我要馬上回去處理。」

小嵐說：「好，你趕快回去吧！」

萬卡在小嵐額頭上親了一下，轉身走了。

走了幾步，他又回過頭來：「小嵐，真對不起。明天的旅行恐怕要改期了。」

小嵐點點頭，說：「我知道。國事要緊，六名『保千』人士的安全要緊。」

「謝謝你。」萬卡溫柔地笑了笑，轉身匆匆走了。

第2章 是可忍，孰不可忍

小嵐打電話把曉星和曉晴叫來，告訴他們因為黑森國的無恥行為，明天的旅行要暫時擱置。

這兩姐弟肺都要氣炸了，為了他們盼望已久的旅行被破壞，更為了黑森國竟敢無理拘捕烏沙努爾人。

曉星用拳頭狠狠地在桌上捶了幾下，說：「黑森國竟然敢抓我們的人，真是太可惡了！」

「黑森國政府真是賊心不死，老是興風作浪，唯恐天下不亂！」曉晴撅起嘴，一臉不開心。她又問小嵐：「常聽說千沙島主權問題，這其中有什麼歷史原因？」

曉星也說：「小嵐姐姐，我也想聽。」

小嵐自從來到烏沙努爾之後，早已把這裏當成了自己的第二祖國，所以她抽暇把烏沙努爾的歷史好好地熟讀了一遍。有關千沙島問題，她的確很清楚。

千沙島是位於烏沙努爾公國西海千沙列島的主島，隸屬海邊城市多善，面積約五平方公里，周圍海域面積約為二十萬平方公里，被烏沙努爾人稱為「深海中的藍寶石」。

千沙島自古以來就是烏沙努爾領土。在一百年前，烏沙努爾弱小，黑森國強大，所以烏沙努爾經常被黑森國統治者派軍隊侵犯。在一次慘烈的戰鬥後，烏沙努爾

戰敗了，黑森國強佔了烏沙努爾的多善市及其附屬島嶼，其中也包括了千沙島。

六十多年前，黑森國貪得無厭，想霸佔烏沙努爾更多領土，於是又再發動戰爭，給烏沙努爾帶來又一次深重災難。烏沙努爾人民奮起反抗，經過苦難的六年抗戰，終於打敗了黑森國，並以戰勝國的身分，強令黑森國歸還當年強佔的多善市及其附屬島嶼千沙島。

黑森國政府作為戰敗國龜縮回老家，掩旗息鼓了半個世紀。但他們賊心不死，近年來又蠢蠢欲動，把黑手伸到千沙羣島。去年新首相森泰郎上台之後，就更加變本加厲。他們一方面派出軍艦在千沙島及附近海域出沒，企圖向世界昭示擁有實際掌控權；另一方面在國際上散播輿論，說什麼千沙島在四百年前就有黑森人生活居住，比烏國人還早，所以應該屬於黑森國。有些右翼分子還登上千沙羣島，說是去自己國土觀光旅遊。

對於黑森國政府及其指使下的右翼分子所為，烏沙努爾政府曾作出嚴正聲明，重申千沙島屬於烏國，譴責黑森國右翼分子擅闖烏國領土。而在民間也有愛國人士組織「保衞千沙島大聯盟」，以散發宣傳冊子與和平遊行等行動，顯示保衞祖國領土的決心。

沒想到，黑森國政府不但沒有收斂，反而把登島宣示主權的烏沙努爾「保千」人士非法逮捕。

「原來是這樣！」曉星氣呼呼地說，「這黑森國政

府真是壞透了！」

曉晴說：「這些人真不知好歹，把別人的善良和忍讓當作軟弱無能，現在還猖狂到抓了我們的人！」

曉星又問：「小嵐姐姐，千沙島只是一個五平方公里的無人小島，黑森國幹嗎要那樣不擇手段，想將它據為己有？」

小嵐說：「因為千沙島附近海域有着豐富的海洋資源，所屬國有權開採。而黑森國是一個自然資源十分貧乏的國家，所以黑森國政府千方百計都想把千沙島納入自己國家的版圖。」

「原來是這樣。」曉星點點頭，「這黑森國政府，真是名符其實的『黑心政府』，為了自己的利益壞事做盡！『保千』人士真勇敢，如果有機會，我也去登島，把烏沙努爾國旗插在千沙島上，氣死黑心政府！」

曉晴擔心地說：「不知那些被抓的『保千』人士現在怎樣了？」

小嵐看了看牆上掛鐘：「哦，快到晚間新聞時間了，快開電視，看電視台有沒有播放有關消息。」

曉星急忙拿起電視機遙控器打開電視，調到新聞台。畫面上正在播放廣告，幾分鐘後，便響了晚間新聞的音樂，音樂一停，畫面裏出現了一張嚴肅的新聞男主播臉。

小嵐三人都目不轉睛地盯着屏幕，只聽到男主播

説：「觀眾們，晚上好！今天主要新聞有：黑森國政府無理逮捕『保千』人士，我國政府提出嚴重抗議……」

曉星說：「噢，新聞有，新聞有……」

曉晴瞪他一眼，說：「別吵。」

男主播繼續說：「……因不滿黑森國政府在千沙島問題上的顛倒黑白、混淆是非，以及對黑森國右翼人士擅闖我國領土千沙島的無比憤怒，六名民間『保千』人士乘坐『泰山一號』漁船前往千沙島宣示烏沙努爾主權。在進入千沙島附近海域時，『泰山一號』遭到多艘黑森國巡邏艦的圍捕撞擊，船頭被撞毀，方向盤也被撞壞。之後，巡邏艦上的士兵衝上『泰山一號』，強行逮捕六名『保千』人士。烏國外交大臣賓羅於半小時前緊急召見黑森國駐我國大使賴皮苟，就黑森國非法逮捕烏國公民一事提出嚴正交涉。賓羅大臣重申烏國對千沙島及其附屬島嶼擁有主權的立場，要求黑森國確保六位烏國公民的安全並立即無條件放人……我國外交部發言人將於明天上午九時召開記者招待會，表明我國立場及回答各國傳媒問題……」

屋裏三個人義憤填膺，忍不住握着拳頭，高呼：「放人！放人！」

男主播在繼續說：「下面是隨『泰山一號』出發的全真電視台記者莫大明發回來的有關視頻。」

畫面出現了茫茫大海上的一艘漁船，正向千沙島方

15

向駛去，一名年輕男子站在船頭，一手拿咪高峯，一手指着只有幾百米距離的小島，正在大聲說話：「……我們的船已經離小島不遠了，勝利在望，我們有決心登上千沙島，把烏沙努爾的國旗插到島上……」莫大明話沒說完，突然畫面一片模糊，好像是被什麼遮住了，聽到莫大明喊了一聲：「啊！」

怎麼回事？小嵐和曉晴姐弟互相交換了一下驚訝的目光。

曉星說：「好像是水，難道攝像機掉進水裏去了。」

曉星話音剛落，又見到畫面了。但畫面是傾斜的，晃動得很厲害，好像是持攝像機的人摔倒了。

聽到畫面上有人在喊：「該死的黑森鬼，竟然向我們射水！」

曉星跺了跺腳：「原來是黑森國船艦向我們的漁船射水，真壞！」

這時畫面又擺正了，盡忠職守的莫大明又手持咪高峯喊道：「啊，你們看，黑森國巡邏艦向我們撞過來了……」莫大明話沒說完，就聽到「砰」的一聲巨響，接着畫面一陣晃動，幾個黑森士兵衝上船，一個士兵拿出手銬，銬住了莫大明的雙手……

曉晴和曉星見到這場面，憤怒之極，竟然哭了起來。

曉星邊哭邊説：「太欺負人了！明明千沙島是我們的嘛，怎能説是他們的呢！還抓我們的人，太欺負人了！太欺負人了！」

　　又出現了男主播的臉，可以看得出他在努力地壓抑着憤怒。

　　「從剛才的畫面可以看出，我『保千人士』在自己國家的領海裏受到了黑森國士兵的橫蠻對待，是可忍，孰不可忍！我國在千沙島問題上的立場是明確和堅定的。我們正在密切關注事態的發展，並要求黑森國政府不能有任何危及烏國公民生命財產安全的行為……」

　　小嵐眼冒淚花，一雙拳頭握得緊緊的。黑森國政府，你們太過分了！

17

捍衞國土的公主

公主傳奇

第 3 章　蘇蘇帶來的小松鼠

　　第二天一大早，小嵐就醒來了。她拿起搖控器，拉開了落地窗的窗簾，馬上灑進一地陽光。小嵐呆呆地看着外面的綠樹繁花，蝶飛蜂舞，那是一片欣欣向榮的景象。

　　多美的世界啊！本來人類可以和睦共處，共享地球上這美好的分分秒秒。可恨的野心家，為着他們掠奪、擴張的目的，不惜挑起爭端，侵犯別國利益，破壞世界和平……

18

　　正想着，有人敲門。小嵐説：「進來！」

　　瑪婭進來了，她臉上帶着微笑，朝小嵐鞠了一躬：「公主殿下，早上好！」

　　小嵐朝瑪婭笑笑：「早上好！」說完就起了牀。

　　瑪婭説：「剛才國王秘書來電話，説國王十分鐘後過來，跟您一塊吃早餐。」

　　「好。」小嵐很高興，她想從萬卡那裏知道更多有關「保千人士」的消息。

　　梳洗後，小嵐往餐廳走去，在餐廳門口見到萬卡。萬卡顯得有些疲憊，見到小嵐，他凝重的臉上露出了溫暖的笑容：「小嵐，早！」

　　小嵐説：「萬卡哥哥早！」

兩人手拉手走進餐廳。餐廳面積不大，但裝潢典雅，四周還放了一些綠色植物。萬卡照顧小嵐坐下，然後自己也坐下來。

　　「萬卡哥哥，你昨晚又沒休息好？」小嵐看着萬卡疲倦的臉容。

　　萬卡點了點頭，說：「跟大臣開了幾小時的會，之後每半小時聽取有關保千人士的消息，到臨天亮時睡了兩小時。」

　　小嵐心裏全是氣，要不是黑森國政府搞陰謀，他們現在已經開開心心地坐在飛往丹麥的飛機上了，萬卡哥哥也可以放下所有公務，好好地休息幾天了。她不禁氣呼呼地說：「可恨的黑森國政府！」

　　「跳樑小丑而已，跳得越高，跌得越慘。」萬卡停了停，又說，「只是擔心我們的同胞受苦。」

　　小嵐說：「希望他們儘快平安歸來。」

　　萬卡說：「今天看看黑森國政府如何回應。如果他們再玩花樣，我們會作進一步行動。」

　　小嵐捏捏拳頭，說：「萬卡哥哥，加油！勝利屬於我們！」

　　萬卡也握緊拳頭：「勝利屬於我們！」

　　四名侍女手捧着托盤進來，悄然無聲地把點心和飲品一樣樣放在桌上，然後朝國王、公主欠欠身，又悄然無聲地退出去了。

　　兩人看着眼前的美食佳餚，不知怎的，都一點食欲也沒有。兩人都在擔心那些保千人士。

　　小嵐想，萬卡哥哥身上千斤重擔，不吃好怎能擔得起，便夾起一個翡翠白玉餃子，放到萬卡的碟子裏：「萬卡哥哥，你平時不是最喜歡吃翡翠白玉餃子嗎？你快吃呀！」

　　萬卡寵愛地看着小嵐，説：「謝謝小嵐。」

　　他接着又説：「小嵐，對不起！」

　　小嵐睜大眼睛：「啊，對不起什麼？」

　　萬卡一臉歉意説：「很久沒陪你出去玩了，這次好不容易騰出三天時間去一趟丹麥，沒想到又要取消。」

　　小嵐笑着説：「沒事。不過，等千沙島事件解決以後，你得雙倍償還，陪我去六天旅行！」

　　「貪心鬼！」萬卡伸手在小嵐頭上揉了揉，臉上露出了寵溺的笑容，「不過，我答應你。」

　　「啊，真的？」小嵐喜出望外。

　　「嗯！」萬卡鄭重地點了點頭。

　　小嵐趕緊夾了好多個餃子到萬卡碟子裏：「多吃點，多吃點！」

　　萬卡説：「啊，幹嗎夾這麼多給我？」

　　小嵐説：「這是正能量餃子，你吃多點，好有力氣跟黑森國政府較量，早日戰勝那些野心狼！」

　　萬卡用手揉揉小嵐的腦袋：「要説正能量的話，你

才是我的正能量女孩呢！有了你的正能量，我有信心粉碎黑森國政府的任何陰謀。」

這時，萬卡手機裏的微信訊號「叮咚」地響了一下。萬卡拿出手機查看：「是賓羅大臣發來的。據可靠消息，黑森國政府內閣今天一早召開緊急會議，討論千沙島事件問題。」

小嵐説：「多行不義必自斃！希望他們放聰明點，早點放人。」

萬卡用餐巾擦擦嘴巴，説：「小嵐，對不起，我得回辦公室了，很多事要處理。」

小嵐説：「好，你快回去吧！」

萬卡剛走，就見到曉晴和曉星走了進來。曉星咋咋呼呼地説：「小嵐姐姐，聽説你今天和萬卡哥哥撐枱腳吃早餐。咦，萬卡哥哥呢？」

小嵐説：「他剛離開。哎，告訴你們，黑森國政府內閣今天一早召開緊急會議，討論千沙島事件問題。不知道他們會不會釋放保千人士。」

「哦！我想他們一定不敢不放。要是不放，哼，讓萬卡哥哥給他們點厲害看看。」曉星有點興奮，「咦，如果他們開完會決定放人，那豈不是我們的旅行計劃也有望進行了！我們是不是該回去收拾好行李，時刻準備出發。」

曉晴表示讚同：「對對對。昨天聽説旅行不能去，

我就把已經收拾好的東西又拿出來了。」

小嵐説：「不用那麼急。等他們開完會，知道結果再説。」

曉晴不情願地説：「哦，那好吧！」

過了一會兒，曉星説：「哦，我要回去訓練笨笨了。」

曉晴也説：「噢，我要回去做作業。」

説完，也不等小嵐説話，兩人就忙不迭地溜了。

小嵐看着他們的背影，嘀咕着：「哼，找那麼多藉口！分明是回去收拾行李嘛！」

小嵐這時也沒胃口再吃什麼了，她把剩下的半杯果汁喝完，就回房間去。在走廊碰到瑪婭，瑪婭説：「小嵐公主，有客人找您，我讓她在會客室等着。」

23

小嵐點點頭，徑直朝會客室去了。會客室門口站着個小宮女，見到小嵐，便朝她鞠了一個躬：「公主殿下！」

小宮女又推開會客室的門，説：「公主，請！」

會客室裏坐着一個小女孩，正低着頭在看書，聽到有人進來，她抬起頭。那是一張膚色稍深的臉，稚氣中帶着清秀。

「蘇蘇！」小嵐高興地喊了起來。

「小嵐姐姐！」女孩扔下書，朝小嵐撲了過來。

兩人擁抱着，開心極了。

捍衛國土的公主

　　大家一定記得，在《藍月亮戒指》的故事裏，那個南非土著部落酋長的女兒、可愛善良的蘇蘇吧。

　　土著部落毀於地震之後，萬卡國王和小嵐決定伸出援手，幫助他們重建家園。萬卡讓有關部門在烏沙努爾境內物色了一個山清水秀、氣候和環境都很適合土著人居住的地方，為他們建起了房屋、商店、醫院等一切生活設施，讓整個土著部落大遷徙。為了讓孩子們學習到現代文明文化，還建了一所小學和一所中學，蘇蘇也進了那間小學讀書呢！

　　因為皇宮離那裏路途很遠，而且蘇蘇也不想耽誤了功課，所以小嵐很長時間沒見到她了。

　　「小蘇蘇，又長高了！」小嵐高興地揉揉蘇蘇的頭髮，又問，「酋長好嗎？」

　　蘇蘇抬起頭，天真地說：「小嵐姐姐，我爸爸現在不叫酋長了，叫區長。」

　　小嵐這才想起，部落已成了烏沙努爾一個特別行政區，所以酋長也就改稱為區長了。

　　「我爸爸讓我替他向您問好呢！哎，他還讓我給你帶來一些好東西。」

　　蘇蘇拿出旅行箱，從裏面拿出一個盒子，交給小嵐。小嵐打開盒子一看，馬上喊了起來：「啊，好大的玉米！哇，這紅薯也好大！」

　　蘇蘇驕傲地說：「這是我們種的。我爸爸帶着全區

人開荒種地，得到大豐收呢！」

小嵐朝蘇蘇豎起大拇指：「你們真了不起！」

蘇蘇說：「不過，功勞最大的是萬卡國王。他不但給我們送來了各種農具、種子，買了汽車、拖拉機、播種機、化肥等等，還給我們派來了技術人員，教我們各種耕種的知識。小嵐姐姐，謝謝您，謝謝萬卡國王！嗚——」

蘇蘇突然哭了起來。

小嵐嚇了一跳，趕緊放下盒子，拉着蘇蘇的手問：「你怎麼啦！別哭，別哭，傻孩子……」

蘇蘇擦擦眼睛，不好意思地說：「我是因為感動才哭的。要不是小嵐姐姐和萬卡國王，我們在地震後一定很慘。家沒有了，糧食沒有了，不凍死餓死，也會死在地震後發生的瘟疫中。您和萬卡國王挽救了我們，又給了我們新的家，我們全區人都感謝你們，都說一定要好好報答你們！」

小嵐摸摸蘇蘇的小腦袋，說：「傻孩子，既然把你們帶到烏沙努爾，你們就是新烏沙努爾人了，照顧本國人民，是國家應盡的責任呀！如果想報答的話，你就好好讀書，將來成為國家的棟樑，為建設更美麗的烏沙努爾貢獻力量。知道嗎？」

「嗯！」蘇蘇使勁地點點頭，「小嵐姐姐，我一定記住您的話。我也會把您的話帶回給同學們，讓他們也

捍衛國土的公主

記住，將來要做國家的棟樑，要為建設更美麗的烏沙努爾出力！」

「嗯，蘇蘇真乖！」小嵐在蘇蘇臉上「叭」地親了一口，又問，「蘇蘇，告訴姐姐，你在學校學到什麼了？」

蘇蘇一聽，馬上嘰嘰喳喳地說了起來：「我們的學校可好啦！有十層樓高，我們的課室在九樓，在窗口一伸手，就差不多可以摸到雲彩呢！我們上樓不用走路，一坐上電梯，呼呼呼，一下子就上去了。還有，萬卡國王派來的老師很厲害，他們什麼都懂，教我們認字，教我們說現代語言。我們還學算數、學常識、學科學知識。啊，小嵐姐姐，老師還教我們地理，原來我們住的地方叫地球，地球是圓的，好大好大……」

蘇蘇眼睛亮亮的，滿是對新事物的渴求。小嵐心裏很欣慰，這小傢伙，將來一定很有出息。

「哇，蘇蘇，你來了怎麼不找我！」曉晴姐弟走了進來，曉星咋咋呼呼地嚷着。

蘇蘇見了，喊道：「曉星哥哥！曉晴姐姐！」

曉星跑過去拉着蘇蘇的手，兩個人高興得跳呀跳的。在南非時，蘇蘇是最早和曉星成為好朋友的。

蘇蘇突然想起了什麼，她說：「我給你們帶來了一件禮物……」

曉星一聽便問：「什麼禮物？」

蘇蘇從地上拿起一個蒙着白布的籠子，說：「你們猜猜是什麼？」

曉星說：「哦，是小鳥！」

蘇蘇搖搖頭。

曉晴說：「是小白兔？」

蘇蘇又搖搖頭。

「哎呀，急死人了！」性急的曉星趁蘇蘇不留神，一手掀起了那塊白布，啊，一隻毛茸茸的小東西，正用雙手捧着一個小玉米，用兩隻大板牙大口大口啃着。看見孩子們，牠也不害怕，用黑色的、亮晶晶的小眼睛瞅着他們。

啊，是一隻小松鼠！

「好可愛哦！」一片歡叫聲。

小松鼠嚇了一跳，牠用眼睛滴溜溜地看了看這幾個孩子，知道他們不會傷害牠，便又一心一意地啃玉米，那個饞樣子，真是可愛極了！

小嵐和曉晴曉星目不轉睛地看着小松鼠。小嵐問：「這麼可愛的小東西，從哪裏弄來的？」

蘇蘇說：「我媽媽在院子裏曬玉米，這小松鼠老是來偷吃。我看着牠可愛，就每天都在院子裏放一個玉米給牠。牠跟我熟了，乾脆不走了，叼了一些樹枝樹葉，在我家院子裏的樹上做了一個窩，每天一看見我就從樹上溜下來，就跟我玩。」

曉星伸手摸着小松鼠身上的毛，問：「牠有名字嗎？」

蘇蘇說：「沒有呢，你們給牠起一個。」

曉星搶着說：「好啊，就叫牠做鼠鼠。」

曉晴瞪了弟弟一眼：「哎呀，難聽死了。叫松松好了！」

小嵐說：「松鼠走路時一跳一跳的，就叫牠跳跳好了。」

曉星好像有點不甘心，便說：「要不，我們都把各自起的名字喊牠，看牠喜歡哪個？」

大家一致同意，於是曉星先喊：「鼠鼠！」

啊，小松鼠沒理他，只顧埋頭啃玉米。

曉晴哈哈笑着：「牠不理你呢！讓我來吧！松松！」

哈，小松鼠同樣沒理她，仍然只顧捧着玉米啃。

小嵐說：「好啦，等本公主出馬！」

說完，她朝小松鼠喊道：「跳跳，小跳跳！」

說也奇怪，那小松鼠聽了，竟停住咀嚼，用亮晶晶的眼睛看着小嵐。小嵐笑道：「噢，牠喜歡我起的名字呢！跳跳，跳跳！」

小松鼠張開小嘴巴，露出兩隻大板牙，好像在笑。

曉晴曉星不得不認輸了，同意了跳跳這個名字。

曉星說：「啊，我打電話給萬卡哥哥，讓他一塊來

玩小松鼠！」

　　説完，就拿出手機撥了萬卡的手機。

　　「喂，萬卡哥哥，你快來嫣明苑，蘇蘇送我們小松鼠，好可愛啊！啊，你要工作現在不能來，哦，那好吧。你要找小嵐姐姐？好，你等等。小嵐姐姐，萬卡哥哥叫你聽電話。」

　　小嵐接過電話，説：「萬卡哥哥，怎麼啦？黑森國內閣會議已開完，他們仍然不肯放人！真氣人！……」

　　小嵐掛了電話，幾個孩子都用詢問的眼光看着她，曉星説：「怎麼，該死的黑森國政府又不肯放人嗎？」

　　小嵐一臉氣憤：「是。他們仍無恥地咬定，千沙島是屬於他們的，保千人士是入侵了他們領土。」

　　蘇蘇説：「你們是在説黑森國抓走保千人士的事嗎？這事我們都知道了，作為新烏沙努爾人，我們也很氣憤……」

　　小嵐説：「半小時後，我國會召開記者招待會，把事件向全世界公開。我們也去聽聽。」

第4章　在展覽館磕頭的老伯伯

記者招待會在外交部一樓會議室召開，小嵐四人去到時，見到會場裏一千個座位已快坐滿，會場後面架滿了各種採訪器材。

守門的兩名工作人員見到公主，朝她鞠了鞠躬，讓他們進去了。小嵐不想惹人注目，便在旁邊找了位置，和曉晴曉星跟蘇蘇坐了下來。

幾分鐘後，鈴響了，外交部發言人魯瑪走了出來。

「女士們，先生們，相信大家都知道剛剛發生的有關我國領土千沙島的事件。我們的六名公民，在自己國家的領土上被黑森國無理逮捕，令人震驚。大家請看世界新聞社發放的視頻，看看我們的公民受到了怎樣的對待。」

發言人退到一邊，大家視線集中到了台上的熒光幕上。只見被抓的保千人士都被鎖上手銬，被軍警用槍押着。

小嵐看到這裏，心中怒火騰地升了起來，旁邊的曉星實在忍不住，喊道：「太過分了！打倒黑心鬼！」

小嵐拉了拉他，他才氣呼呼地坐下來。

有個保千人士突然舉起銬着手銬的雙手，高呼起來：「打倒黑森軍國主義！千沙島是烏國神聖領土！」

曉晴說：「啊，是莫大明！昨晚報道保千行動的記者莫大明。」

只見有個黑森軍官走到他身邊，像是威脅他不要出聲，但莫大明絲毫沒有理會，繼續高呼：「我國領土不容侵犯，黑森侵略者滾出千沙島！」其他保千人士也跟着高呼：「我國領土不容侵犯，黑森侵略者滾出千沙島！」

曉星忍不住喊道：「保千人士，好樣的！保千人士，我們支持你！」

這時，場內一片嘩然，到會的傳媒工作者都議論紛紛，這回黑森國真是太過分了。

魯瑪說：「請大家靜靜。」

他又說：「千沙島及其附屬島嶼自古以來就是烏國的神聖領土，有史為憑、有法為據。千沙島等島嶼是烏國人最早發現、命名和利用的，烏國漁民歷來在這些島嶼及其附近海域從事生產活動。早在幾百年前，千沙島等島嶼就已經納入烏國海防管轄範圍。烏國是千沙島無可爭辯的主人。但是，黑森國政府卻無恥地偽造一些見不得光的所謂證據，捏造事實，聲稱比烏國更早擁有千沙島主權。其實，他們的所謂證據根本不堪一擊，根本經不起驗證。不管他們怎樣上躥下跳，都無法抹煞千沙島是烏國領土這一鐵的事實……」

記者招待會的下半場是由各國記者發問。

小嵐四個人這時離開了會場。小嵐吩咐曉晴和曉星先帶蘇蘇回去，她自己一個人在外交部附近慢慢走着。

一部黑森國侵略史在她腦海中慢慢掠過，烏沙努爾這片美麗的土地，曾數次遭黑森侵略者蹂躪，殘忍的黑森人燒殺搶掠，犯下無數罪行。

特別是六十年前那次入侵，犯下纍纍罪行，有一次竟殘忍地坑殺了一萬多名無辜的烏國人。烏國人奮起反抗，用了六年時間，才把黑森侵略者趕出了烏國領土。

戰後，烏國政府見黑森國因為發動戰爭耗盡國庫、也榨乾了民間資財，黑森人民流離失所、凍死餓死者無數，一念之仁，便沒有要他們作出戰爭賠償。沒想到黑森國政府在恢復元氣之後，便頻頻挑釁烏國，無所不用其極。

她心裏氣得慌，這是一個怎樣萬惡的民族啊，怎麼這樣卑劣，這樣無恥！這種人的存在，永遠是世界的一抹黑暗，一個禍害。

看樣子黑森國沒有放人的意思，再這樣的話，難免擦槍走火。新仇舊恨，烏沙努爾人民到了忍無可忍的時候，戰爭就一定無法避免了。

小嵐走着、想着，她突然停住了腳步，發現自己不知不覺來到了「黑森侵略者大屠殺遇難同胞紀念館」門前。

小嵐決定進去看看。時間還早，紀念館裏參觀的人

不多，但每一個人臉上都顯得異常凝重。

紀念館有許多真實照片，有的畫面是黑森軍用鞭子抽打烏國人，有的畫面是黑森軍放火燒毀烏國大片房屋，有的畫面是黑森軍為評估化學武器的威力，把烏國人當「白老鼠」扔進實驗室，最令人髮指的是一張黑森軍挖了一個大坑活埋幾千名烏國平民百姓的照片……

每一張照片都慘不忍睹，每一張照片都在用血淚控訴黑森軍的纍纍罪行，小嵐不由得揑緊了拳頭，真是些滅絕人性的禽獸啊！烏國人當年該是以多麼寬廣的胸襟，才能放過他們，不用他們作出戰爭賠償。

小嵐緊握拳頭，指甲都快戳進肉裏了。

接下來的一面烈士牆，上面貼滿了照片，全是當年被黑森軍殺害的抗黑戰士。小嵐走近正要細看，突然見到身旁有個老人撲通一聲跪在地上，朝着那些烈士照片一味磕頭。

小嵐見老人頭髮全白了，背駝着，看上去有八十多歲年紀了，瘦削的身子不住地顫抖。看得出來，他內心一定很痛苦。

小嵐心想，老伯伯一定認識這些照片中的人。莫非他是這些烈士的親人？

小嵐心裏很難過，她看見老人額上已經滲出了點點鮮血，心裏很是不忍，所以趕緊上前，把老人扶起來。又掏出手絹，給老人輕輕擦着額頭上的血。

33

捍衛國土的公主

老人身子顫巍巍的，他感激地朝小嵐點了點頭。

小嵐把老人扶到拐角處，請他在一張供參觀者歇息的木椅子上坐下，然後坐在老人身邊，問道：「老伯伯，您是烈士的親人嗎？」

老人突然老淚縱橫，說：「不是，不是，我是他們的罪人！」

「罪人？」小嵐聽着老人濃重的外國口音，大吃一驚，莫非……

老人說：「是的，我是罪人，是烏國人民的罪人。當年黑森國侵烏時，我是一名大學生，因為打仗需要大量士兵，我被政府強征入伍，參與了那場罪惡的侵略戰爭，也因此雙手染上了許多烏國人的鮮血。之後為了贖罪，我每年都要來這裏一趟，向戰爭死難者磕頭謝罪……」

老人泣不成聲。

小嵐看着老人，眼含熱淚。她心裏百感交雜，戰爭不但令許多人家園盡毀甚至喪失生命，也令許多人因着罪惡感而永世不得安寧。

小嵐說：「伯伯，別難過了。真正有罪的是那些發動戰爭、妄想吞併世界的野心家、陰謀家，而大多數士兵都是無辜的，他們並不想當炮灰，不想當劊子手。伯伯您也一樣，相信當時也是被迫參戰的。」

老人說：「是呀，我們當時大學的同學除了病殘

捍衛國土的公主

的，全都要入伍。我們班二十六個同學，回國時只剩下十個，另外十六人都死在戰火中了。我們戰後餘生的十個人，回國後就成立了反戰同盟，向同胞們揭露戰爭的罪惡，揭露政府的侵略罪行。因此，我們長期受到政府迫害，連找份謀生的工作都不容易，幸好有民眾支持幫助，我們才能活下來。我因為寫了一本叫《黑森侵烏罪行錄》的書，還被黑森國政府以煽動罪為名，坐了二十年牢……」

小嵐聽了若有所思，看來這個民族大多數人都還有良知，明白戰爭造成的傷害。

36

小嵐突然發現老人的右手手背有道很深的傷痕，看上去受傷的日子很近，傷口都還沒有完全癒合。老人見到小嵐看他的手，便說：「這是半個月前參加一個遊行，被警察推倒在地擦傷的。那次遊行參加的都是熱愛和平的市民，要求政府不要到墓地參拜戰犯，不要再傷害受害國家人民的感情，我們要和平，反對戰爭。」

小嵐說：「伯伯，謝謝您，您受苦了！」

「爺爺！」這時跑過來一個六七歲的男孩，他長得很可愛，圓頭圓腦的，他一下子撲到老人懷裏。

老人慈愛地摟住小男孩：「外面小公園好玩嗎？」

小男孩說：「好玩。我剛剛認識了一個朋友，是個女孩子，她對我可好啦。我們一起玩捉迷藏，她還送我禮物。」

他炫耀地舉起手中一根五彩的棒棒糖。

老人説：「真是小饞貓！你有回贈人家禮物嗎？」

小男孩説：「媽媽送了她一個漂亮的蝴蝶結，她戴上可好看了！」

老人點點頭，又指着小嵐對小男孩説：「叫姐姐。」

小男孩咧開小嘴，笑着對小嵐説：「姐姐好！」

小嵐摸摸他紅蘋果似的小臉：「真乖！」

老人告訴小嵐：「我今年特地把兒子媳婦和小孫子帶來了，我想讓他們知道黑森國侵烏史實，讓他們知道黑森國當年給烏國人民造成多大的苦難。」

小嵐看着老人，心裏很感動。

這時，小男孩晃着老人的手説：「爺爺，我想跟您一塊玩。我想騎木馬，想坐大風車，還想玩秋千。」

老人笑呵呵地説：「好好好，爺爺這就跟你一塊去玩。」

老人和小男孩走了，小男孩一邊走一邊回頭給小嵐送飛吻，圓圓的小臉綻出天真無邪的幸福笑容。

小嵐看着小男孩的背影，心裏想，人類不可以再起戰火，不管是烏沙努爾的孩子，還是黑森國的孩子，都應該擁有美好家園和幸福童年。

捍衞國土的公主

第5章 正義四人組

小嵐沒有回媽明苑，而是去了國會大廈。

守門衛士告訴小嵐，國王和大臣們正在會議廳開會。

小嵐說：「嗯，我進去聽聽。」

衛士推開門，請公主進去。小嵐走上會議廳的二樓，找了個陰影裏的位子坐了下來。在這裏，她可以很清楚地看到和聽到下面人們做什麼和說什麼，但下面的人卻不會發現她。

萬卡正和十幾位大臣圍着一張長長的會議桌，商量如何應對黑森國的挑釁，如何迫使黑森國政府釋放保千人士。大臣們七嘴八舌的，萬卡則在留心地聽着。

「……森泰郎真是賊心不死，說什麼千沙島在四百年前就有黑森人生活居住，比烏國人還早。簡直胡說八道！」

「他們說有證據，但是又拿不出來，分明是自欺欺人！」

「的的確確，自開國起，千沙島就已經屬於我們，這是假不了的。可惜，我們手頭只有三百年前那張地圖，無法找到再早的物證。」

「真的假不了，假的真不了，黑森國也只能搞些小

動作，這個我們一點不怕。問題是現在他們抓了我們的公民。」

「那乾脆我們派軍隊去把保千人士救回來，乾脆派軍隊進駐千沙島，不就得了。以我國軍事的強大，難道還怕他黑森國不成！」

「我反對！如果這樣做，就給了黑森國政府一個發動戰爭的藉口。」說話的是外交大臣賓羅。

國防大臣一拍桌子：「打就打，以我們的力量，難道還怕他們嗎！」

小嵐看到萬卡英俊的臉上十分凝重，眉頭也緊緊皺着，她明白他此刻心情的糾結。

的確，以烏沙努爾的強大，完全可以打敗黑森國，但現代戰爭對人類生命與健康的傷害及對生態環境的毀滅性破壞，他也不能不考慮。但國家的尊嚴，人民生命的安全，又令他不能軟弱。

這時，會議桌旁的人們都把目光投在國王身上，他們想聽聽國王的最後決定。

萬卡看了看一班忠實的大臣，目光變得堅定：「烏沙努爾人是不可欺侮的，如果黑森國政府一意孤行，我們絕不手軟！我們一方面繼續同黑森方交涉，一方面做好戰鬥準備，如果黑森國政府堅決不放人，我們就採取行動，前往救人。外交部，馬上將抗議升級；外貿部，全部中止跟黑森國洽談中的各種貿易協議；國防部，儘

快查清楚保千人士的關押處，並擬定營救計劃書。我們盡可能避免戰爭，但是我們不害怕戰爭，如果他們肆無忌憚欺負到我們頭上，危害我國公民的人身安全，我們就，打！」

「打！」大臣們一齊發出吼聲。

小嵐默默地離開了國會大廈。她不想打仗，但有什麼辦法能夠讓黑森國政府馬上釋放保千人士，讓他們再也不敢覬覦千沙島，讓他們從此不敢再像瘋狗一樣亂咬亂吠。

想着想着，小嵐腦海中如電光火石般閃過一個念頭，對，就這樣！

回到媽明苑，小嵐到曉星曉晴房間找人，卻連個影兒也沒有，客房裏也找不到蘇蘇。小嵐問小宮女，原來他們都去了遊戲機室。

小嵐轉身往遊戲機室走去。

隔老遠就聽到幾把聲音同時在喊着：「踩！踩！踩！踩死你這隻黑心鬼⋯⋯」

「快快快，有幾個黑心鬼來啦！快踢，踢走他們，要不你會被吃掉的！」

「啊，曉星，快吃那蘑菇，吃了你會長大，更有力量打壞蛋！」

推開虛掩的門，見到曉星坐在一台遊戲機前咬牙切齒地撳着控制器，曉晴和蘇蘇就站在他身旁，緊張地

提醒着。小嵐一看，原來曉星在玩「馬里奧兄弟救公主」，畫面上，馬里奧正在蹦蹦跳跳地避過許多怪物，前往救人。

他們把那些怪物當成黑森鬼子了！怪不得全都一副深惡痛絕的模樣。

小嵐站在他們身後，他們一點沒察覺，直到曉星過完最後一關，救到了公主，三個人一陣歡呼雀躍後，才發現了小嵐。

曉星說：「小嵐姐姐，你什麼時候進來的，你有沒有看到我過了一關又一關，把公主救了出來？」

小嵐說：「遊戲救人有什麼好玩，想不想來真的，我們真的去救人！」

41

三個孩子都把眼睛睜得大大的，有點不相信地看着小嵐。

過了一會兒，曉星才說：「小嵐姐姐，你說的是真的嗎？不是開玩笑？」

小嵐白了他一眼：「這麼嚴肅的事，我會開玩笑嗎？」

「哇！」曉星大喊一聲，「小嵐姐姐，我們真的可以去救人？那太好了，我報名參加！」

曉晴驚訝地看着小嵐：「小嵐，你的意思是說去劫獄，把人救出來？」

「那還用說！」曉星自作聰明地說，「小嵐姐姐，

那我們是不是要帶很多工具。帶挖地洞的鋤頭啦、攀爬的繩子啦、解決守衛的無聲手槍啦……」

小嵐打斷曉星的話：「停停停！誰說去劫獄啦？我們現在連保千人士關哪裏都不知道呢！」

曉星傻傻地看着小嵐：「那……不是劫獄，我們還有什麼方法救人？」

小嵐說：「我們登上千沙島，尋找線索，尋找證據，證實千沙島自古以來就屬於烏沙努爾。」

「啊！」三個孩子互相看看，都一臉興奮。

小嵐繼續說：「千沙島自開國以來就屬於烏國領土，也曾經有烏國人世世代代在那裏住過。人走過必留下痕跡，那島上說不定會有當年的烏沙努爾人留下的古文物，只要我們找到證據，黑森國政府的謊言就不攻自破，他們也就不得不釋放被無理拘捕的保千人士。」

曉星大喊一聲：「哇塞！小嵐姐姐，你真是前無古人後無來者冰雪聰明智勇雙全高瞻遠矚……」

「少來擦鞋！」曉晴截住曉星的廢話，對小嵐說，「這個主意好！如果真能找到證據，那就不但能救出保千人士，以後黑森鬼子也不敢再打千沙島的主意了。」

曉星早已迫不及待：「什麼時候出發？我們是讓萬卡哥哥派軍艦送我們去千沙島嗎？」

小嵐給了他一個炒栗子：「你傻呀！怎麼可以坐軍艦去登島，到時黑森國肯定也出動軍艦，那就肯定會打

起來了。黑森國政府那些戰爭狂人早就巴不得找個藉口打仗，反正他們不會顧別人死活。但我們不希望戰爭，不想傷害無辜的士兵和老百姓。」

曉晴說：「小嵐，我明白了。我們會靜悄悄地去，靜悄悄地上島，靜悄悄地找證據……」

「對。我們以旅行為名離開，坐飛機到多善市，然後租船去千沙島。」小嵐又說，「不過，我們要作好思想準備，這次行動會有危險，我們也有可能像之前的保千人士一樣，會被黑森巡邏艦發現攔截，到時我們就要想法避開他們，想辦法上島。」

曉星說：「小嵐姐姐，我也明白了。我不怕危險，因為我們是正義的。哎，不如我們就叫『正義三人組』好不好？我們『正義三人組』什麼時候出發？」

小嵐看看手錶：「越快越好！現在是中午十二點，我們先回去收拾點替換衣服，還有在荒島上要用到的東西，手電筒、睡袋、打火機等等。一點鐘下來吃飯，再告訴你們出發時間。還有，記住不能告訴任何人我們去千沙島，萬卡哥哥是肯定不會讓我們去那麼危險的地方的。我等會兒會打電話告訴他，我們自己去旅行幾天。記得統一口徑，跟誰也這麼說。明白嗎？」

曉星說：「小嵐姐姐，你放心好了，我肯定會保密的。只是姐姐就很難擔保了。她是個大嘴巴，什麼話都藏不住。」

捍衛國土的公主

曉晴尖聲道：「小壞蛋，你才是大嘴巴！」

小嵐說：「別鬧了，誰把秘密洩露了，就罰他兩年不能去旅行！」

曉星趕緊把嘴巴摀住：「我肯定不會，姐姐就……」

曉晴眼睛一瞪：「就什麼？」

「就……」曉星看到曉晴圓睜雙眼，忙吞下了想說的話，「就……就跟我一樣，也肯定不會洩露秘密。」

「哼，這還差不多！」曉晴撇撇嘴，「那我回去收拾行李了，唉，我那大箱子又得擠爆了。」

小嵐說：「大小姐，你不能帶那麼多東西，我們這次不是去旅行，一定要輕裝。」

曉晴嘟着嘴：「那好吧！我盡量。我走了。」

曉星追着曉晴：「姐姐，等等我。」

小嵐拿出電話，剛要打電話去機場預訂前往多善市的機票，突然有人拉拉她的衣服下襬。扭頭一看，原來是蘇蘇。哎，剛才只顧和曉晴姐弟說話，把她忘了。

「蘇蘇，對不起！因為我們有要緊事要離開幾天，不能陪你玩了。這樣好不好，我叫瑪婭陪你，帶你出去玩，好不好？」

蘇蘇搖搖頭：「不，不要。我也要參加『正義三人組』，我也要跟你們一塊去千沙島。」

小嵐耐心地說：「蘇蘇，不行的，我們不是去玩，我們這次很有可能會遇到危險。你年紀小，不能去。」

蘇蘇說：「曉星比我大不了多少，他可以去，我也能啊！而且我還有很多本領呢！我會爬山，會游泳，登島不正需要這些技能嗎？」

小嵐挺為難的：「蘇蘇，聽姐姐話，不要去，好不好？你來看望我們，我是有責任保護你的。萬一出了什麼事，我心裏過意不去。」

蘇蘇說：「我爸爸從小教育我要勇敢正直，要敢於向惡勢力作鬥爭。我現在是烏沙努爾人了，黑森國欺負我們，我有責任挺身而出，保衛國家……」

「蘇蘇，你真了不起！」小嵐驚訝地看着蘇蘇，「看來我真是沒道理不讓你去了。好，蘇蘇，我正式接納你，成為我們『正義三人組』的一員。噢，應該是『正義四人組』的一員。」

45

蘇蘇高興極了：「謝謝小嵐姐姐！」

公主傳奇

第 6 章 馬路驚魂

飛機在晚上九點到達多善市，小嵐一行四人入住酒店，然後到酒店餐廳吃飯。小嵐向餐廳侍應打聽了一下，知道這附近就有一家租船公司。

四個人租住了一個套間，套間裏面有一個客廳、四個間房，他們正好每人一間。曉星回來一會兒又跑下樓了。之前在餐廳吃飯時，他就總圍着人家的水族箱轉，指着裏面一條身體像長槍狀、吻細細長長像支避雷針似的魚，説很可能是一條史前魚。人家老闆解釋過，告訴他這是可供食用的斑鱵，他仍不信，結果回房間後坐立不安的，又溜去看魚了。説是不想讓一條史前魚被人吃進肚子裏；蘇蘇習慣早睡，洗完澡就跑到客廳跟兩個姐姐道了晚安，然後就回房睡了。

小嵐看了一會兒新聞，剛想去洗澡，卻聽到房間裏曉晴「哇」一聲大叫起來。小嵐早習慣了曉晴的大驚小怪，也沒理她，卻見到她氣急敗壞地跑了出來：「啊，我忘帶隱形眼鏡藥水了，得趕快去買。」

小嵐怕曉晴一個人人生路不熟的，便關了電視機，陪曉晴一起去。

附近眼鏡店本來就不多，好不容易找到幾間又已經關門了。兩個人跑得筋疲力盡，才在一家二十四小時營

業的藥店買到了。

　　這時天已很晚。這裏不是大城市，她們走的也不是繁華商業街，所以路上一個行人也沒有，只有半明不暗的路燈把兩人長長的影子投在地面上。膽小的曉晴把小嵐的手握得緊緊的，一邊還東張西望生怕有人跟在後面。

　　忽然，後面有把男聲喊了一聲：「喂，站住！」

　　曉晴一聽腳不禁軟了，拉着小嵐的手狂奔起來，但是她們越跑，後面的人越追，嚇得曉晴尖叫着越跑越快，小嵐想看看後面是什麼人也沒法停下來。眼看後面腳步聲越來越近，幸好酒店已到，兩人飛奔進了酒店大堂。大堂那位牛高馬大的護衛員認得是剛剛向他打聽附近眼鏡店的住客，忙問她們出了什麼事，曉晴氣咻咻指着後面：「有、有壞人、追我們……」

　　這時追她們的人已跑了進來，卻被護衛員走去一把抓住。

　　兩個女孩這才看清楚，追她們的人是個大約二十歲的年輕人。曉晴驚魂稍定，她氣憤地朝那年輕人嚷道：「你想幹什麼？！你這個壞蛋！」

　　年輕人被護衛員扭着手，很不舒服，嚷道：「放開我，放開我！」

　　護衛員罵道：「我就是不放！誰叫你欺負小女孩！」

年輕人説：「我哪裏欺負她們了，我只是……」

曉晴説：「只是什麼？你想狡辯嗎？現場抓獲，你沒話好説了……」

「慢着！」小嵐打斷了曉晴的話，她從年輕人手裏拿了一個錢包，看了看，對曉晴説，「曉晴，這不是你的錢包嗎？」

曉晴一看，「啊」了一聲，從小嵐手裏接過錢包：「啊，是我的錢包，這錢包怎麼在你手裏？哦，你是個賊，你偷了我的錢包！」

小嵐瞪她一眼，説：「你傻呀！如果是他偷了錢包，他還不趕快跑掉嗎？還在你後面追幹什麼？」

「那……」曉晴撓着頭。

49

這時候，在餐廳研究魚的曉星不知道什麼時候溜了過來，聽到這裏，朝姐姐説：「姐姐，你真笨！他不是賊，是好人。他是撿了你的錢包，追來還給你！」

那年輕人聽了，一味點頭：「這個小朋友説得對，你掉了錢包，我撿了想還給你，誰知道我越喊你們越跑，所以一直追到這裏。」

「啊！」曉晴傻了，鬧了半天，原來是自己把好人當作賊。

護衛員趕緊放掉年輕人。小嵐對年輕人説：「先生，對不起，我們誤會你了。」

年輕人穿着白襯衣黑西褲，眉清目秀的，看上去

像個大學生。他挺有修養的，甩甩被護衞員扭疼了的手臂，笑着説：「沒事，沒事。好，我還有事，先走了。」

曉星説：「哥哥再見！」

「再見！」

小嵐見曉晴仍舊呆呆地看着年輕人的背影，便拉了她一下：「還看什麼，回房間吧！剛才也不跟人家説聲謝謝。」

曉晴跟在小嵐後面走着，嘟着嘴説：「人家尷尬嘛，都忘了！」

曉星走過來湊熱鬧：「這是姐姐常犯的錯誤哦，好人當賊辦！」

曉晴眼睛一瞪：「壞小子，不説話沒人把你當啞巴的。」

說畢，揮動「五爪金龍」突襲，嚇得曉星雞飛狗跑地亂跑。

回到住房，大家各自回房間洗澡睡覺，直睡到第二天小嵐每間房去拍門，方才睡眼惺忪起來。

曉星揉着眼睛走出客廳，往沙發上一坐，説：「才六點半嘛！小嵐姐姐，幹嗎這麼早叫人家起來。」

小嵐説：「你以為是來玩嗎？我們是來執行任務的。我們爭取在租船公司一開門就馬上租到船，馬上出海。快去洗臉刷牙！」

「是——」曉星揉着眼睛，跑回自己的盥洗室。

在小嵐的嚴加監督下，四人準時在七點半出門，退了房，然後直奔租船公司。時間剛好八點，但租船公司還沒開門。小嵐上前看了看，只見大門上掛着個牌子，寫着營業時間為早上十一點三十分至晚上十一點三十分。

「糟糕，那豈不是要等三個半小時！」小嵐皺起眉頭，焦急地說，「不行，那太遲了！」

她毫不猶豫地伸手拍門：「有人嗎？裏面有人嗎？」

希望裏面有值夜的人。

曉星幾個人也上來幫忙拍門，砰砰乓乓的，弄得路人都朝他們看。

拍得手也痛了，還是沒有人出來開門。剛要放棄時，聽到裏面有人喊道：「誰呀，吵死了！」

小嵐說：「對不起，我們有急事，想租一艘船。」

裏面有開門的聲音，緊接着，一個有着蓬鬆金頭髮的腦袋伸了出來，埋怨道：「這麼早！我以為哪裏失火了呢！」

腦袋的主人是個二十一二歲模樣的年輕人，他睡眼惺忪地看着小嵐四人。

「先生，真的不好意思，打擾你休息了。」小嵐抱歉地說。

金毛頭見是個漂亮女孩，又這樣有禮貌，便説：「不要緊，我也準備起牀了。」

小嵐説：「我們急着出海，想租一艘船。」

金毛頭説：「啊，離開門還早呢！」

小嵐説：「先生，你就幫幫忙吧！我們有事，真的有事，急着要出海！」

金毛頭用手撓撓頭，為難地説：「這……這……不是我不想幫，是不合規矩。」

曉晴不耐煩了：「哎，有什麼不合規矩的？你休息時間還辦公，還給老闆接了生意，這是好事啊！我想老闆不但不責備你，還會表揚你呢！」

52

金毛頭想了想：「那好吧，我就破一回例，幫幫你們好了。」

他打開門，讓小嵐他們進來，又説：「你們先坐一會，我進去洗把臉，一會兒就好！」

「好的，謝謝！」小嵐帶着幾個孩子進了租船公司，坐下等着。

果然是「一會兒」，才幾分鐘，捲毛頭就穿戴整齊出來了，連那頭亂糟糟的捲毛也被他用髮膠弄得整整齊齊的。

他走進櫃枱後面，打開電腦，問道：「你們想租什麼船？要多大的？」

小嵐説：「不用太大，我們只有四個人。但一定要

堅固、防撞、靈活，經得起風浪的顛簸。」

金毛頭説：「租這樣的船，租金很貴哦，而且損壞賠償費也很高。」

小嵐説：「這個沒問題，多貴都行！」

萬卡曾給了小嵐一個最高級別的銀行卡——量子卡，小嵐一直沒有用過，現在可以派上用場了。

金毛頭見小嵐説沒問題，便在電腦查了一下，説：「就這艘『前進號』吧！跟你們要求的差不多。」

小嵐看了看照片，雖然不是很新，但看上去滿堅固的，便説：「好，就這艘！」

小嵐又問：「噢，我們還得請船長和水手。」

金毛頭一聽卻為難起來：「小姐，這事有點難辦。因為我們這裏沒有固定船長，都是臨時請的。但你們來得太早，他們還沒來呢！」

小嵐一聽急了：「那他們什麼時候會來？」

金毛頭説：「我想十二點吧！」

「啊！」小嵐了不禁焦急起來。怎麼辦呢？

金毛頭見到小嵐着急的樣子，説：「或者你們到附近的租船公司看看吧，離這不遠有一家風行租船公司，他們好像營業時間比我們早很多，而且有船長隨時等候，他們也許能幫上忙。」

熱心的金毛頭還把風行租船公司的地址寫給了他們。

　　金毛頭收了租金和押金，把一條鑰匙交到小嵐手裏：「這是船鑰匙，請到船長後，你們可以直接到碼頭上船……」

　　四個人走出租船公司，曉星説：「小嵐姐姐，你不是會開船嗎？」

　　小嵐説：「我那三腳貓功夫，開着遊艇在風平浪靜裏航行還好，往千沙島那條航道風浪大、暗礁也多，出了事怎麼辦？我可沒那麼多條命賠給你們爸爸媽媽。」

　　打開手機看衞星地圖，原來風行租船公司真的很近，走兩個路口，偉業大廈臨街舖面便是。四人便一路尋去，十多分鐘便找到了那座大廈，沒錯，地舖門口有塊牌子，正寫着「風行租船公司」。

　　正想上前推那道玻璃門，忽然發現門是鎖着的，裏面烏燈黑火。啊，沒有人！曉晴喊了起來：「快看。這裏貼着張告示！」

　　大家走過去一看，只見寫着：東主有喜，休息一天。

　　啊，四個人大眼瞪小眼，都傻了。

　　曉星嚷道：「怎麼這樣倒霉呀，想請個船長也這麼難！」

　　突然，後面有人説道：「請問，你們是要請船長嗎？」

　　小嵐等人轉身，見到一個年輕人站在門口，看着他

們。

「哥哥，是你？」曉星首先喊起來。

小嵐和曉晴也認出來了，是昨晚撿到錢包的那個年輕人呢！

年輕人顯然也認出了小嵐他們，微笑着說：「噢，看來我們是有緣哦，這麼巧又碰見了。你們要出海嗎？」

小嵐說：「是的，你可以給介紹船長嗎？」

年輕人笑笑：「不用介紹。現在站你面前的就是。」

小嵐驚訝地挑起了眉毛，眼前的人看上去這麼年輕：「你是船長？」

年輕人從口袋裏掏出證件，遞給小嵐：「不信嗎？有證件為憑。」

小嵐接過那小本子，只見封面印着「海上駕駛執照」，再打開裏面，果然是年輕人的照片，還有他有關個人資料。原來他名字叫龍一，今年二十一歲。

曉星湊近看了看證件，哇哇大叫起來：「哇，哇，龍哥哥你好厲害，才二十一歲就考取船長資格。」

龍一笑了笑：「其實我只是一名大三學生。不過我出生航海世家，自小便常跟叔父輩出海，大風大浪見得多了，再稍為進修一下，考牌並不難。我十八歲便經常充當水手隨船出海，二十歲便考到船隻駕駛證了。」

　　小嵐毫不猶豫地向龍一伸出手說：「好，我們就請你！」

　　龍一跟小嵐握握手，說道：「光我一人還不行，起碼得再請一個水手協助工作。」

　　小嵐說：「不用擔心，我可以協助你。」

　　「你？」龍一瞪大眼睛。

　　小嵐胸脯一挺，說：「怎麼？不相信？！」

　　龍一昨天見面就覺這女孩子不簡單，一點不敢輕看，趕緊說：「相信，相信！」

　　他又問：「你們準備去哪裏？」

　　小嵐說：「千沙島，敢不敢？」

56

　　「千沙島？」龍一先是愣了愣，接着臉上泛起一片驚喜，「敢，怎麼不敢！」

第 7 章　珍貴的線索

　　趁着龍一上船做啟航前的檢查工作，小嵐和三個孩子去附近超市買了很多生活用品，比如瓶裝水呀，方便麵呀，以及很多餅乾。曉星這饞嘴貓，硬是又買了許多零食，什麼薯片呀、朱古力呀，比主食還要多。臨出超市大門，他又拖來一籮筐土豆，說是沒事時在船上焗土豆，沾上芝士，好吃瘋了。

　　小嵐看着那一大籮筐的土豆就皺眉頭，但曉星嘻皮笑臉的打恭作揖懇求，小嵐只好由他了。東西太多了，後來還是請了超市員工幫忙，開車把那大堆東西送到船上。

　　剛收拾好東西，就見到龍一拿着扳手從駕駛室走上來，見到小嵐，他說：「檢查過沒問題，船的性能也很好。另外，查過海洋天氣，這幾天都是風平浪靜。我們可以起航了。」

　　小嵐一聽很高興，這回，連老天爺也來幫他們呢！她點點頭，對龍一說：「辛苦了，開船吧！」

　　兩人一起回到駕駛室。十點正，船起航了。

　　曉晴跑進駕駛室，說：「小嵐，龍哥哥，我來幫你們。」

　　小嵐睨了她一眼：「你會幹什麼？」

「我會……」曉晴拿出手機,「我給你們拍照留念。」

她先拍了一張小嵐,然後就去拍龍一。咔嚓咔嚓的,前後左右在拍,一邊拍還一邊回看:「哦,龍哥哥,你好帥啊!」

小嵐搖搖頭,這傢伙,又犯花癡了,每次見到帥哥就這副德性。

這時,曉晴又跑到龍一身邊,說:「龍哥哥,我跟你合照一張好不好吧,你靠近一點,好,我拍了!」

龍一無奈地望了望小嵐。

小嵐忍不住了,說:「曉晴,出去!你想發生撞船事故嗎?」

曉晴嘻皮笑臉地説:「最後一張!」

説着擺了個小可愛手勢,「咔嚓」地自拍了一張,然後伸伸舌頭,竄出去了。

曉晴離開後,龍一鬆了口氣。他熟練地操控着船隻,眼睛專注地看着前方航道,直到駛入平緩的大海,他才放了心,人也鬆馳下來。

看得出來,他不但駕駛技術了得,人也很小心謹慎,小嵐心想今天還真是幸運,以為山窮水盡,誰知輕易地在路邊撿了一個這樣出色的船長。

小嵐突然想起了一件事,啊,之前一直緊張地忙着做出海準備,竟然連跟龍一談報酬的事也忘了!

58

她趕緊對龍一說：「龍一，真對不起，忘了跟你商量報酬呢！你開個價吧，我對船長的酬金多少不清楚。」

龍一看了小嵐一眼，笑笑說：「我不要報酬。」

「啊！」小嵐吃了一驚，「不行，你能幫我們，我已經很感激你了，錢一定要給的。」

龍一搖搖頭：「我不但不要錢，我還得感謝你們呢！」

小嵐揚起了眉毛，用疑問的目光看着龍一。

龍一說：「我自小除了對航海有興趣，也很喜歡考古，所以讀大學時報了考古專業。我們的系主任海爾先生是一位著名的考古專家，他見我對考古很着迷，成績也很優異，於是在大二時收了我為徒弟。海爾先生是很少收徒弟的，我們學校就只收了兩名，除了我之外，還有一個名叫寶安的在讀研究生。

「老師的一生很富傳奇色彩，為了查探烏國古文明的足跡，他走遍了烏沙努爾的山山水水，到過許多渺無人跡的無人島和人煙罕見的荒山野嶺，發現並鑒證過許多珍貴的古文物、古文獻，為研究烏國及人類文明史作出過極大貢獻。可惜的是，老師在半年前不幸患了癌症，僅僅四個月，就離開了我們。」

龍一說到這裏，輕輕歎了一口氣，繼續說：「臨終時，老師特地把我和師兄叫到牀前，跟我們說了一件

事。老師不久前得到一本古籍《多善縣誌》，多善縣即現在的多善市。那本古籍裏面提到，大約在六百年前，當時的多善縣長官惠萊曾登千沙島視察，並且大書了『千沙島，烏沙努爾的藍色寶石』十一個字，命工匠鑿在海島的一塊大石上，還鑿下當時的日期。

「海爾老師一直希望有朝一日能登上千沙島進行學術勘查探索，證實這件事，可惜一直未能實現願望。老師很希望有一天千沙島真正回到祖國懷抱，而我和師兄能代替他登上千沙島，站在自己的國土上，去發現去研究烏沙努爾的文明足跡。」

小嵐聽到這裏，不禁興奮莫名，沒想到她當初虛無縹緲的一個想法，如今卻在龍一那裏得到了證實——千沙島上很可能真的有證據，能證實千沙島屬於烏沙努爾的證據！

「老師把那本古籍交到師兄手裏，要我們好好參透裏面內容，說有較為準確的大石所在位置。辦完老師後事，我去找師兄要那本書，想知道大石的所在位置。只是沒想到，師兄原來早就辦了出國留學，他不辭而別，把書也帶走了。我真有點生氣，但想想也無所謂，反正千沙島不大，找一塊大石也不是很難。之後我一直想找機會前往千沙島。早些時候收到消息，有保千人士準備在多善市駕船去千沙島宣示主權，我就急忙趕來了。沒想到，來到這裏時，船已開走了。能遇上你們，是我多

大的幸運啊！」

龍一興奮地看着小嵐，繼續說：「這幾天我都在租船公司門口轉悠，希望能租一條船，我自己獨自去登島。但租一條能出大海的船租金太貴了，再加上高額的押金，我根本沒法付得起錢。正當我無計可施的時候，遇上了你們。本來我是想替你們開船，攢點報酬，積攢起來去租船，沒想到，你們就是去千沙島的，我多高興啊！所以，我能要你們酬金嗎？我高興得直想給你們錢呢！」

小嵐開心地說：「太好了！其實我們這次登島，目標跟你很相似，就是想去尋找前人留下的古跡文物。」

龍一睜大眼睛：「啊，真的？」

normal61

「據可靠消息，我國政府立足用和平方式促使黑森國放人，但如果交涉無結果，不排除用武力解決。我們不怕戰爭，但我們不想有戰爭，所以，我們這次登島，是希望能在島上找到證據，證明千沙島是我國領土的有力證據。這樣，才能徹底粉碎黑森國政府的陰謀，才能讓他們的謊言不攻自破。」

「啊，天哪，我怎麼沒想到這一點呢！對啊，找到證據，讓黑森國政府無話可說，讓他們停止一切瘋狂叫囂。我之前光想到去鑑證文物，卻沒有想到文物可作為島權的證據。啊，小嵐，你太厲害了！」龍一眼裏放出異彩。

捍衛國土的公主

　　小嵐朝龍一伸出手，說：「來，為我們的有緣相遇，為我們的共同願望，握握手。」

　　龍一緊握着小嵐的手，說：「很高興認識你。讓我們一起努力、加油！」

第8章 暴風雨要來了

在海洋上航行是愉快的，因為每時每刻都可以欣賞蔚藍色的大海，可以呼吸着清新的空氣，可以無遮無擋地仰望萬里無雲的晴空。所以，雖然有未知的艱難險阻在等着他們，但大家仍然是開開心心的。

下午三點多，小嵐仍在駕駛室幫忙，曉晴姐弟就和蘇蘇在甲板上看風景。這時，有七八隻海鷗一路隨着他們的船隻，緊追不放。

曉星說：「你們看，這些海鷗一定知道我喜歡小動物，所以追着我呢！」

蘇蘇用崇拜的目光看着曉星：「啊，真的嗎？！曉星，你好厲害啊！」

曉星得意地說：「嘿嘿，本來就是嘛！」

曉晴瞪他一眼，說：「蘇蘇，別被他騙了。海鷗喜歡跟着船隻跑，是因為船行駛時常常會把一些魚打昏了，海鷗跟着船，就是想揀這些魚吃。」

蘇蘇突然大叫起來：「啊，曉晴姐姐說得對，海鷗果然在抓魚！看，那隻大海鷗，把一條魚叼在嘴裏了！」

曉星尷尬地嘟着嘴：「讓人家神氣一會嘛，你也不會掉塊肉。哼，還說是姐姐呢！」

捍衛國土的公主

曉晴撇撇嘴，説：「我就看不得有人在吹牛皮。」

「是誰吹牛皮呀？」這時，小嵐走上了甲板。

曉星忙擺手説：「沒有人，沒有人……」

曉晴説：「欲蓋彌彰！」

這時，蘇蘇突然喊了起來：「海鷗不要走！海鷗不要走！」

大家一看，啊，真奇怪，剛才還跟在船隻後面的五六隻海鷗，突然一窩蜂地飛走了，好像聽到了什麼撤退令一樣。

曉星埋怨曉晴：「都是你，偏要打擊我。看，連海鷗也看不過去了，跑掉了。」

曉晴説：「你是強詞奪理！」

曉星説：「你……」

小嵐也不管那兩姐弟鬥嘴，她倚在欄杆上，看着高高地飛着，飛向陸地方向的海鷗，眉頭皺了起來。

一會兒，她三步併作兩步跑進駕駛室，對龍一説：「龍一，有情況！我想今晚海上可能會有風暴。」

龍一嚇了一跳，説：「出航時查過天氣，還說得好好的，怎會有風暴呢？」

小嵐説：「我剛才在甲板上，本來有很多海鷗一直跟在船尾的，但後來突然集體飛走了，往陸地飛去。」

龍一説：「我明白你意思。我雖然出海沒遇過風暴，但也聽長輩們説過，如果海鷗貼近海面飛行，那就

捍衛國土的公主

預示未來的天氣將是晴朗；如果海鷗沿着海邊徘徊，那就預示天氣會逐漸變壞。如果海鷗離開水面，高高飛翔，成羣結隊地從大海飛向海邊，或者成羣的聚集在沙灘上或岩石縫裏，那就預示着暴風雨即將來臨。因為海鷗的空心管狀骨骼和翅膀上的空心羽管，就像小型氣壓錶一樣，能靈敏地感覺氣壓的變化。」

「正是。」小嵐說，「這真是應了天有不測之風雲這句話了。咱們聽聽電台天氣預告，確認一下。」

「好的。」龍一把電台調到天氣頻道，卻發現只有沙沙的聲響，再調到別的頻道，也一樣。

「糟糕，剛才還好好的，怎麼就壞了呢！不要緊，我打海事衞星電話查詢一下。」

一會兒，龍一放下話筒，說：「小嵐，你說對了。已掛起熱帶風暴訊號，正在呼叫海上船隻迅速找尋地方暫避呢！」

小嵐皺着眉頭，看看一望無際的大海，問：「這附近不知有沒有避風港。」

龍一搖搖頭說：「看樣子沒有。我們現在只有一條路可走，那就是返航。但是，這樣一來，我們就得耽擱一兩天時間。」

耽擱一兩天？不行！多耽擱一天，保千人士就多受苦一天；多耽擱一天，戰爭爆發的危險就多一分⋯⋯

但是，以這樣一艘船，如果遇上一般的風暴還可以

扛過去，但要是遇上大風暴，那就很危險。

小嵐心裏很忐忑，如果只是她一個人，她一定毫不猶豫勇往直前，但問題是還有另外四個人⋯⋯

「小嵐姐姐，真的會有風暴嗎？」突然聽到曉星的聲音。

小嵐扭頭一看，不知什麼時候，曉晴和曉星，還有蘇蘇，都來了駕駛室，正站在她身後，六雙眼睛在看着她。

小嵐點點頭。

曉晴眼裏有些驚悚：「我們會遇到危險嗎？就像鐵達尼號一樣，全掉在冰冷的水裏，凍死、淹死嗎？」

小嵐有點不忍，但還是點了點頭：「這是最壞的可能。」

大家面面相覷。

小嵐歎了口氣：「我不想你們冒險。但是⋯⋯」

龍一首先打破了沉默：「我贊成繼續前進，因為，沒時間了。這條船可以抵擋一般的熱帶風暴，如果我把船再控制得穩一點，那就不會有問題。」

一直沒吭聲的蘇蘇也說：「我也贊成。我不怕，我會游泳，即使是船翻了，我也不怕！」

曉星接着說：「不要回去！我也會游泳，要是船真的翻了，我可以救你們。」

「收起你那烏鴉嘴！」曉晴瞪了弟弟一眼，「好，

我也贊成前進。我相信龍哥哥的技術。」

　　見到大家都堅定地要繼續前進，小嵐說：「好，既然大家都這樣想，那我們就──繼續前進！」

　　其他人也都一齊喊：「繼續前進！」

第9章　風雨中的一艘船

傍晚時，海上起風了。風把船上插着的小旗子吹得嘩嘩作響。站在甲板上，人都有點站不穩。

為了安全，小嵐叫曉晴他們幾個回到船艙，自己就去駕駛室和龍一一起，監視着海上的天氣情況。

黑夜降臨時，風加大了。浪不時打過來，「嘩」一聲拍打在駕駛室的玻璃上，又瞬間退去。龍一全神貫注地看着前方，不時扭頭看看小嵐擔心的臉，説：「不要緊，事情不會那麼壞。只要保持現在狀態，船隻能平安。」

小嵐聽了，馬上報以信任的笑容。她相信龍一，她在這個才二十出頭的大哥哥身上看到了堅定，看到了鎮靜。

但是，風暴有加大的傾向，海好像在咆哮，巨浪如山，彷如千軍萬馬奔騰而來，像要把船瞬間吞沒。

小嵐臉色有點發白，媽呀，長這麼大，還沒見過這麼強烈的海上風暴呢！

她擔心小伙伴們，便跟龍一説了一聲：「我去看看曉晴他們，很快回來。」

船晃動得很厲害，她一路抓着扶手，仍然走得很艱難，在下一處十幾級的木樓梯時，還差點掉了下去。

　　好不容易走到用作卧室的中間艙，推開一道門，見到曉晴用手死死地捂住胸口，臉色白得像紙一樣。小嵐趕緊上前：「曉晴，你還好嗎？」

　　曉晴不敢動，用眼睛瞅瞅小嵐，苦着臉說：「我想吐。」

　　小嵐說：「吃了暈動靈沒有？」

　　曉晴說：「吃了，吃了一片。我們三個都各吃了一片。」

　　小嵐說：「一片不夠的，得吃兩片。」

　　小嵐趕緊拿來藥和溫水，讓曉晴吃下去。小嵐說：「你躺下睡覺吧，一覺醒來，就沒事了。」

　　曉晴乖乖地躺下了，她問小嵐：「船晃得麼厲害，會翻嗎？」

　　小嵐拍拍她肩膀：「不會的。睡吧！」

　　曉晴看着小嵐臉上的微笑，心裏安定多了。

　　小嵐說：「好好休息。我等會再來看你。」

　　曉晴看着小嵐的背影，喊了聲：「小嵐，小心！」

　　小嵐回頭朝她笑了笑，又轉身走了。

　　老遠就聽到有人嘔吐的聲音。推開另一道門，見到曉星趴在一張沙發上，臉朝下吐着，蘇蘇坐在他身旁不住地安慰他。

　　這裏是船的中心，晃動已算是相對平穩的了，沒想到他們仍弄成這樣。

曉星吐完，又開始亂說話：「蘇蘇，怎麼我看到三個蘇蘇了？你會分身術嗎？蘇蘇，怎麼椅子跑到船頂了，是船翻了嗎？蘇蘇，蘇蘇，我不玩盪秋千了，你別晃我，別晃我……」

一見到小嵐，曉星就想用手抓她，誰知一抓抓了個空：「小嵐姐姐，你是快閃黨嗎？你怎麼一閃一閃的……」

嚷着嚷着，哇，又吐了起來。

這傢伙，暈船暈得真誇張！

小嵐問蘇蘇：「蘇蘇，你還好吧？」

蘇蘇說：「小嵐姐姐，你放心吧，我很好。」

小嵐點點頭：「你和曉星再吃一片暈動靈吧，之前吃一片不夠分量的。」

蘇蘇嗯了一聲。

小嵐說：「我回駕駛室了，你照顧好曉星曉晴，也照顧好自己。」

蘇蘇很乖地應道：「小嵐姐姐，我會的了。你快去幫龍哥哥吧！」

小嵐回到駕駛室時，龍一回頭看看她，見她臉色青白青白的，便說：「你也下去躺躺吧。」

小嵐搖搖頭，說：「不行，萬一有什麼事，你一個人怎能應付呢！我沒事，我還挺得住。」

小嵐一直沒向龍一表明身分，龍一也沒有問，但直

71

覺上知道這不是一個普通的女孩子。她的深明大義，她的臨危不懼，她的氣質，都不是一般女孩子能有的。

風繼續吹，附近不見船隻，可能接到風暴警告後都找避風港去了。墨一樣的大海和天空中間，前進號就像一片樹葉，在浪裏被拋來拋去，危險萬分。

突然，儀錶板上有盞燈亮了，紅色的，在一閃一閃。

「船艙進水了！」兩個人異口同聲喊了起來。

龍一皺了皺眉頭，對小嵐説：「小嵐，現在船隻是自動導航，你在這裏監察着儀錶便行。我下去看看。」

小嵐點點頭，又説了一聲：「小心！」

小嵐一個人留在駕駛室，看着外面一個又一個打過來的浪，心裏有點焦急不安。船艙進水，可大可小，如果洞口不大的可以很快堵上，但如果洞口太大，就只能棄船了。

棄船？！小嵐望了望外面的風浪，不禁搖頭。棄了船又怎樣，大海茫茫，根本看不到岸。這時，又一個大浪打向船隻，小嵐一個趔趄，要不是她手急眼快抓住一個鐵把手，準會重重跌一跤。

一個小時過去了，龍一還沒有回來，小嵐不禁有點焦急。正在這時，儀錶板上那紅燈變回綠色了，那是表示進水已受控制。龍一堵漏成功了，小嵐這才鬆了一口氣。龍一，好樣兒的！

駕駛室的門被人推開了，龍一走了進來。他渾身濕漉漉的，好像剛從水裏爬上來似的。臉上黑一塊白一塊，成了大花臉。

　　「漏洞堵上了，幸虧洞不大。」龍一放下手裏的工具，又用手擦了擦臉上的水。

　　這一擦，臉上更髒了。小嵐想笑又忍住了：「你快去洗把臉吧！」

　　龍一知道自己臉上一定不好看，便嗯了一聲，跑進盥洗室。幾分鐘後跑出來，又是帥哥一枚了。

　　龍一仔細觀察了一會外面情況，臉上露出了一絲欣喜：「風暴應不會再加強了，接下來應會逐漸減弱，我相信這艘船能挺過去。」

73

　　「真的？」小嵐十分高興，她對龍一說，「謝謝你！這次要不是有你，我們一定徒勞無功。」

　　龍一笑笑說：「其實是我要謝謝你呢！謝謝你給了我一個為國效勞的機會。」

　　小嵐撲嗤一笑：「好，那我們就不再謝來謝去了。我們都是在做一件份內事。保衛國土，人人有責！」

　　果然如龍一說的，海上風暴真的慢慢減弱了，小嵐開心得朝龍一豎起大拇指：「你真是料事如神呀！」

　　龍一笑笑說：「我常常出海，見得多了，懂點皮毛而已。」

　　小嵐說：「有了你，我想，我們一定能完成任務！」

　　不知不覺，黑雲開始消散了，天空變成墨藍色；浪也開始平息了，彷彿一頭咆哮了一夜的猛獸，終於疲倦地伏下了身體。

　　小嵐和龍一兩人相視而笑，他們們終於戰勝了風暴這隻攔路虎，他們離成功又前進了一步。

　　小嵐心情一放鬆，瞌睡蟲就襲來了，她趴在桌子上，竟發出了微微的鼾聲。

　　龍一看着她恬靜、純真的臉，不禁怦然心動。美麗、勇敢、自信，自己以前還從沒見過這樣完美的女孩呢！他脫下自己的外衣，輕輕披在小嵐身上。小嵐似乎有所察覺，長長的睫毛抖了抖，又繼續沉睡。

　　龍一稍微調整了一下速度，讓船行駛得更平穩些。

第 10 章　遇到敵人巡邏艦

　　小嵐醒來時，發現天已大亮。船在一望無際的大海上穩穩前進着。

　　龍一見到她醒了，便笑着問：「睡得好嗎？」

　　小嵐不好意思地說：「還說要當你助手呢，竟然睡着了。」

　　龍一說：「不要緊，反正風平浪靜的。」

　　小嵐說：「你一夜沒睡，去休息一下吧！」

　　龍一的確也感到疲倦了，便說：「好的。現在離千沙島還有半天航程，我去睡一會兒。」

　　龍一剛離開，曉星就揉着眼睛走進了駕駛室：「小嵐姐姐，你還在忙啊！唉，我昨晚一晚上都睡不好，老做惡夢，就像一直在遊樂園坐海盜船似的，總是晃呀晃的。我還夢見自己吐慘了，早上起來渾身沒勁。」

　　小嵐哭笑不得。船在危險中走了一夜，這傢伙卻以為是做夢。

　　蘇蘇在曉星後面走了出來，她說：「曉星哥哥，不是做夢呢！是真的船在晃，你連昨晚吃的東西全吐出來了。」

　　曉星一聽，說：「啊，原來是真的！那我真虧大了，昨天吃了那麼多好東西豈不全浪費了？小嵐姐姐，

我要吃早餐補一補！」

小嵐說：「看你那饞樣！快去洗臉刷牙，然後去餐廳自己弄吧！方便麵、雞蛋，有很多。」

曉星苦着臉說：「啊，要自己動手做呀！」

小嵐瞪他一眼說：「又懶又饞，沒救了。」

蘇蘇說：「曉星哥哥，我會煮方便麵，我幫你弄吧！」

曉星高興地說：「好，謝謝蘇蘇！牛肉味的，放點蔥，加一個太陽蛋。」

曉晴不知什麼時候也到駕駛室來了：「曉星，你很會使喚人呵！蘇蘇是你的侍女嗎？」

說完又在蘇蘇耳邊說：「不過，反正你要幫曉星煮，那也替我弄一份吧！」

「曉晴姐姐，沒問題。」蘇蘇爽快地答應了，她又對小嵐說，「小嵐姐姐，我也幫你煮一份。」

小嵐說：「謝謝，蘇蘇真乖！」

蘇蘇高高興興地跑到廚房去煮早餐了。曉晴和曉星悠悠閒閒地在駕駛室看風景。

小嵐看了他們一眼說：「你們是不是有點過分。昨晚蘇蘇服侍了你們一夜，又是斟茶遞水又是替你們清掃嘔吐物。你們倒好，早餐也要人家小妹妹弄。真好意思！」

那兩姐弟吐了吐舌頭，吱溜一下溜走了。想來是去

廚房幫忙了。

　　兩小時後，船已駛入千沙島附近海域，小嵐心裏不由得有點緊張，這裏常有黑森國船艦出沒，希望不會遇上。

　　這時，龍一進來了，小嵐笑着問：「睡得好嗎？才兩小時，你挺得住嗎？」

　　龍一伸展了一下身體，笑着說：「本人現在老虎也可以打死一隻！」

　　小嵐笑了，她指着桌上的一個保溫瓶，說：「蘇蘇給你煮的麵條，還熱呢，快吃吧！」

　　龍一吃完早餐，便接替小嵐監視前方。

　　一路上，風平浪靜的，廣闊的大海上一望無際，沒有其他船隻。小嵐暗自祈禱：保佑我們順利登島，順利找到證據吧！

　　龍一突然指着遠處，興奮地喊道：「小嵐，你看，千沙島！」

　　千沙島！多少次從圖片上、視頻裏看過她美麗的模樣，今天終於看見她的真面目了！

　　小嵐心裏吶喊着：千沙島，美麗動人的千沙島，我來了！我要把你帶回祖國的懷抱！

　　龍一在一旁也十分激動，他心裏默默地說：「海爾老師，學生要登上千沙島了，要完成你未了的心願了，請保佑學生吧！」

捍衛國土的公主

　　小嵐跟龍一商量了一下等會登島的事情，就到甲板上找曉晴他們去了。

　　甲板上，曉晴正在躺椅上曬太陽，曉星和蘇蘇兩個人扶着圍欄邊在看船尾飛着的幾隻海鷗，邊在嘰嘰喳喳地説着話。

　　曉星説：「蘇蘇，你知不知道海鷗對航海者有什麼作用嗎？」

　　蘇蘇説：「什麼作用？」

　　曉星得意地説：「天氣預報的作用。」

　　蘇蘇驚訝地説：「真的？」

　　曉星説：「是啊，你沒聽小嵐姐姐説嗎，如果海鷗貼近海面飛行，那麼未來將是晴天；如果海鷗沿着海邊徘徊，那麼天氣將會逐漸變壞。如果海鷗離開水面，高高飛翔，成羣結隊地從大海遠處飛向海邊，或者成羣聚集在沙灘上或岩石縫裏，就預示着暴風雨即將來臨。」

　　小嵐聽了，心想，這小子記性還真不錯，自己跟他説了一次，他竟可以一字不漏地背出來了。

　　小嵐坐到曉晴身旁，又朝曉星兩人喊道：「喂，你們過來一下，我們商量一下等會兒怎樣登島。」

　　曉星一聽忙拉着蘇蘇過來：「好啊好啊，研究登島方法去囉！」

　　小嵐拿出平板電腦，在千沙島的平面圖上指點着。

　　「千沙島四面基本上都是筆直的懸崖，只有一個地

方是可以登島的沙灘，就是這裏。」她指指平面圖上一個地方，又説，「所以，我們搶灘的地方，只能在這個地方。」

大家都點着頭，表示明白。

小嵐説：「我們要順利登上海灘，可能也不容易。大家都在新聞報道裏看過『泰山一號』的事，黑森國有巡邏船經常在千沙島附近海域巡邏，如果倒霉碰上他們，就很麻煩，有可能像『泰山一號』那樣，被攔截，甚至被無理逮捕⋯⋯」

曉星説：「我不怕，不怕抓，不怕坐牢。」

蘇蘇説：「我也不怕！」

曉晴猶豫了一下：「我本來是不怕坐牢的，但不知道黑森國的監獄會不會有老鼠和蟑螂⋯⋯」

曉星拍拍胸膛説：「姐姐，不用怕，有我呢！我會幫你打跑那些老鼠和小強的。或者，我們可以帶上『蟲必清』，我剛才見到在船艙裏有一瓶。」

蘇蘇説：「曉晴姐姐，我不怕老鼠的，我幫你嚇跑牠們。」

小嵐哭笑不得：「喂喂喂，我只是説『有可能』，你們就連怎樣打監獄裏的老鼠也想到了！」

曉晴説：「對對對，不會發生些事的。我們運氣好，不會像『泰山一號』那樣倒霉的。」

正在這時，曉星突然發現了什麼，他站起來指着右

79

捍衞國土的公主

邊海面，喊了一聲：「有情況！」

幾個孩子呼啦一下站了起來，朝着曉星手指的地方望去。

果然，右方遠遠出現了一艘船。

大家一下子緊張起來。曉晴說：「會不會是來捕魚的漁船？」

小嵐說：「這片海域向來敏感，漁民都不敢來捕魚。」

曉星說：「或者是貨船？」

小嵐說：「那就更不會了，這裏並非貨運航道。」

曉晴驚叫一聲：「啊，莫非是黑森國政府的巡邏船！」

這時，又聽到蘇蘇喊了一聲：「你們看，左邊也有一艘船呢！」

大家朝左邊看去，果然看見左邊也有一艘外形相同，大小也一樣的船。

小嵐跑回駕駛室，告訴龍一：「左右方發現有船。」

龍一說：「小嵐，我剛想找你。我剛才用望遠鏡看了，發現兩艘船的船身上都有一個橙色的烏龜標誌，正是黑森國的海上巡邏艦！」

啊，真是倒霉，竟然和「泰山一號」般，碰上了黑森國的巡邏艦了。

曉晴姐弟和蘇蘇也跑進來了，大家看着小嵐：「怎麼辦？」

　　小嵐説：「既來之，則安之。馬上加大船速，在他們靠近之前搶灘登島！」

第 11 章　土豆砸向大壞蛋

「前進號」以最快的速度向千沙島駛去。

顯然那兩艘巡邏艦也發現了「前進號」，只聽到左邊那艘船有人用高音喇叭叫喊：「前面船上的人聽着，你們已經入侵了黑森國海域，你們馬上離開，馬上離開！」

曉星氣極了，他跑進船艙，也找來一個高音喇叭，喊道：「黑心政府和黑心巡邏船你們聽着，這裏明明是烏沙努爾海域，怎麼變成你們的了！你們顛倒黑白、混淆是非、胡攪蠻纏、胡說八道、胡作非為、胡天胡地……」

蘇蘇搶過喇叭，也喊道：「黑森國，黑心鬼，等會跑出來一條大鯊魚把你們一口吞了！」

曉晴沒吭聲，有點害怕地看着那兩艘船。

小嵐拍拍她肩膀，說：「別怕，正義在我們這邊，他們才是擅闖別人國土的入侵者。」

曉晴抓緊小嵐的手，說：「好，我不怕！」

「前進號」飛快地朝着千沙島開去，而兩艘巡邏船也飛快地向着「前進號」開來。在離海灘幾十米遠的地方，兩艘船一左一右把「前進號」夾住了。

只見兩艘巡邏船都比「前進號」大上幾倍，「前進

號」被夾在中間就像兩條大鯊魚夾着的小魚兒。

可以清楚地看到，兩艘船上都站着幾十名荷槍實彈的黑森士兵，一個胖子正用沙啞的聲音朝小嵐他們喊話：

「『前進號』上的人聽着，你們快掉頭駛走，否則我們會行使領土權，把你們逮捕……」

小嵐怒不可遏，舉起喇叭，義正詞嚴地說：「黑森巡邏船聽着，這裏是烏沙努爾領海，你們入侵我國神聖領土，還賊喊捉賊，實在無恥。告訴你們，烏沙努爾人不可侮，烏沙努爾領土不容侵犯，你們馬上放下武器，迅速離開，並馬上釋放六名保千人士，否則我們對你們絕不客氣！」

曉晴和曉星、蘇蘇也大聲喊叫：「黑心鬼滾回去！黑心鬼滾回去！」

船上的人看着四個豪無懼色的孩子，都呆了，愣愣地站着，不知怎樣才好。

那個喊話的胖子突然抱上來一條粗粗的水龍頭，猛地朝着小嵐他們噴水。手臂般粗的水柱噴來，孩子們瞬間渾身濕透。曉晴站不穩，竟跌倒在地。小嵐趕緊去扶她。

水柱停住了，胖子又大聲喊道：「你們走不走，不走再噴水。」

曉星大罵道：「黑心鬼，連小朋友也欺負！你們不

83

是人，你們是黑心鬼，你們連鬼都不是，是狼，黑心狼！」

胖子惱羞成怒，舉起水龍頭又想噴。正在這時，一個圓圓的東西向他砸去，「砰」！正中他的臉上，胖子哇地叫了一聲，直挺挺向後倒去。

原來是龍一，他把一籮筐的土豆都拿到甲板上來了。剛才正是他把一個土豆扔過去，擲中了那傢伙。

龍一說：「快來拿土豆砸這些黑心鬼！」

孩子們歡呼着，一人拿起一個土豆，朝左右兩艘船猛砸過去。一時間，那些士兵被土豆砸得抱頭鼠竄、狼狽不堪。

「快躲啊！」有人喊了一聲，於是巡邏船甲板上雞飛狗走，瞬間只剩下幾個人。

小嵐見是個大好機會，急忙喊道：「別扔了，大家快跳水，游去沙灘，登島！」

撲通撲通，五個人瞬間跳到水裏，又向沙灘上游去。只聽得巡邏船上有人聲嘶力竭地叫道：「快，快抓住他們！」

龍一帶頭，小嵐緊跟，五個人很快游到海灘，爬了上去。

但是，大家馬上驚呆了。只見那條僅有的海灘路上，十多條狼狗正兇神惡煞地守在那裏，一見他們要上灘，便狂吠着撲過來。

小嵐大喊：「快走！」

五個人慌忙跳回水裏。幸好那些狼狗不會游泳，要不就麻煩了。

小嵐說：「我們先游離船上那班人的視線再說。」

這時，又聽到巡邏艦上有人用沙啞的聲音大喊着：「快開船，追上他們！」

那是胖子的聲音。

又有人說：「長官，我們剛才太靠近淺灘了，船退走有點麻煩。」

胖子怒吼道：「快給我搞定它，耽誤了要你的命！」

「長官，不怕，他們離了船，又沒法上島，他們靠自己游泳游不了多長時間的。海水那麼深，他們游不動時就會淹死。」

胖子奸笑着：「哈哈，他們一個都別想活。我們立大功了！」

小嵐他們氣得咬牙切齒。

五個人沿着島邊拚命游啊游，終於離開了那些人的視線。小嵐問：「龍一，還有沒有別的可以登島的地方！」

龍一搖搖頭：「除了剛才那海灘，四周全是峭壁懸崖。」

小嵐說：「他們的船一弄好，很快會追上我們的，

我們不可以讓他們抓住！得想辦法儘快登島。」

這時，一直靜悄悄地跟在他們身邊的蘇蘇插了一句：「小嵐姐姐，我有辦法登島。」

「啊，真的！」小嵐大喜。

蘇蘇說：「我可以選一處容易爬的峭壁，爬到島上。」

龍一說：「這峭壁太陡了，很難爬上去的。」

蘇蘇說：「我能爬。之前在南非，我們開門就是山。因為平常沒什麼好玩的，我和小朋友們就常常比賽攀爬，不管什麼懸崖峭壁，我們都爬過，而我常常拿第一呢！」

曉晴說：「蘇蘇，那也只能你一個人爬上去呀！我們呢？我們怎麼辦？」

蘇蘇說：「我每次爬山都會帶根繩子。剛才，我也習慣地拿了根繩子……」

蘇蘇說着，指了指她的腰。大家一看，果然見到她的腰間纏了一圈圈的繩子。

小嵐高興極了：「太好了！蘇蘇，你真是太聰明太有遠見了！等會兒你爬上山後，就把繩子綁好，我們拉着繩子爬上去就行了。」

龍一也一臉興奮，他四周看了一下，指着前面不遠處說：「那幅峭壁好像相對容易爬，又不算高，看上去只有十米左右。蘇蘇，萬一半途脫手掉下來，你要保護

好自己，盡量讓自己掉進水裏……」

蘇蘇説：「好的。放心吧，我能爬上去的，比這還陡的我都爬過呢！」

五個人很快游到龍一説的那幅峭壁下面，那裏剛好有塊大石頭，一半在水裏一半露出水面，五個人趕緊爬到石頭上。

蘇蘇甩了甩手上的水，對小嵐説：「小嵐姐姐，我上去了。」

小嵐説：「好，蘇蘇，你千萬小心！」

「知道！」蘇蘇應了一聲，就用手抓住長在峭壁上一些植物，開始攀爬了。

其他四個人都仰起頭，提心吊膽地看着她。

峭壁上，能落腳的突出點並不多，蘇蘇很多時候是抓着那些藤蔓，一盪一盪地往上爬的。那些藤蔓都是細細的，看上去十分脆弱，幸好蘇蘇人小身體又輕，才勉強承受得住重量。不過，也有一次藤蔓斷了，蘇蘇差點掉了下來，幸好她身手靈敏，趕緊抓住另一根藤蔓，才穩住了身體。

就這樣驚險地爬呀爬呀，蘇蘇終於爬到了崖頂。

蘇蘇，好樣的！大家都高興得直想歡呼，但又怕驚動敵人，只好把歡呼聲吞回去。

蘇蘇爬上去後，找了一棵樹幹粗大的老樹，把繩子在樹幹上繞了個圈，又打了死結，然後把繩子的一頭扔

下去。她探頭往下望，打了個手勢。

小嵐知道她準備好了，便説：「好，我們可以爬了。繩子不好爬，手勁和腿勁差一點都爬不上去。龍一先上吧，你上去以後，可以幫忙把我們拉上去。」

龍一説：「好，沒問題！」

龍一有根繩子，爬起來比蘇蘇順利多了，他很快便爬到崖頂，繩子又被放了下來。

小嵐抓住繩子，説：「曉晴，你上吧！」

曉晴拚命搖頭，苦着臉説：「小嵐，我不行的，我爬不上去的。」

曉星説：「姐姐，你膽子好小啊！那你就等着被黑心鬼抓吧！」

曉晴瞪他一眼：「住嘴！」

小嵐説：「我幫你綁好繩子，讓龍一拉你上去好了。」

曉晴讓小嵐把自己綁好，她抬頭看了看上面，又説：「天啦，峭壁上又是石頭又是樹枝，我的臉會被劃花的，我會變醜女的！」

小嵐有點生氣：「你要命還是要美！」

她看了看曉晴身上，説：「你把外衣脱下來。」

曉晴説：「幹什麼？」

小嵐説：「幫你護臉呀！」

曉晴只好脱下外衣，交給小嵐。小嵐把衣服往曉晴

臉上一蒙，又鬆鬆地打了個結。曉星嘴巴多多：「姐姐，你現在沒臉見人了。」

曉晴被衣服蒙住臉，無法發作，只好在衣服裏罵了一句：「等會兒再炮制你！」

小嵐哭笑不得，都什麼時候了，還鬥嘴！

龍一一下一下地，把曉晴拉上去了，小嵐這才鬆了口氣。在這個小團隊裏，她最擔心的就是這嬌小姐。

繩子「嗖」一下又落下來了。小嵐對曉星說：「曉星，輪到你了。來，我給你綁繩子。」

曉星卻搖頭說：「不，女孩子先走，我最後上去。」

這時候，聽到機器開動聲，啊，有船駛來了。一定是黑心鬼把船駛離淺灘，向他們追來了。

小嵐一把抓住曉星胳膊，說：「沒時間了，別跟姐姐爭，快上去。」

小嵐不由分說，把繩子往曉星身上一套，又朝上面做了個「OK」的手勢。曉星還想說話，但繩子已經把他吊起來了。曉星望着越來越遠的小嵐，着急地喊着：「小嵐姐姐，小嵐姐姐……」

「噓——」小嵐警告曉星。

聲音越來越近，小嵐想，不能讓巡邏船知道他們登島了。要是自己來不及上去，就只好跳進海裏，絕不能讓他們抓到自己，也不能讓他們發現崖頂上的人。

龍一他們也聽到船駛近的聲音，繩子很快又扔下來了，小嵐迅速把繩圈往自己身上一套，繩子馬上向上升去，一下，又一下，船的聲音來越近，似乎來到身邊了，小嵐緊張地望着下面，要是這時船一轉彎，就很可能看到自己⋯⋯

　　天哪，看見船頭了，船駛來了⋯⋯

　　這時，小嵐被一下拉上了崖頂，拉着繩子的四個人也隨即倒在地上，呼哧呼哧地喘氣。

　　透過掩映的樹葉，他們看到那兩艘船一前一後，進入了視線。

　　好險！要是慢了那麼一點點，小嵐就讓他們發現了。

第 12 章 「進口」公司總裁

「哇，我們登島了，我們登上千沙島了！」曉星歡呼着。

小嵐「噓」了一聲，又説：「別太大聲，那邊沙灘上有羣狼狗，牠們的聽覺和嗅覺都很靈的，小心別讓牠們聽到。」

曉星伸了伸舌頭。

小嵐看了看天色，只見天色昏暗，夜幕快降臨了。她跟龍一商量，説：「我們能連夜搜索嗎？就不知道這千沙島地形怎樣，路好不好走。」

龍一説：「我看還是別那麼冒險。這種很久沒人住的海島，路一般都不好走，或者有些地方根本沒有路。另外也不知道島上有沒有傷人的野獸。我們還是先找個避風的地方安頓下來過一晚，明天再進行搜索吧！」

「好，就這麼辦。」小嵐點點頭，又對曉星説，「你去附近看看，有沒有可以住宿的地方，我們要在這裏住一晚。」

「好！」曉星跑開了，一會兒他跑回來，興奮地説，「你們快來，我找到一個好地方。」

曉星帶着大家走進一個山洞。洞不深，大概只有五六米左右，但遮風擋雨已足夠了。

曉星在洞裏上躥下跳的，十分興奮，不停地問大家：「這是我發現的呢！厲害不？」

　　其他人都只顧清掃地方，沒人理他。洞裏不知多少年頭沒人進來過，地上有很多泥土，還有雜七雜八的樹枝，大概是颱風的時候被吹進來的。

　　曉星見沒人理睬，便拉住蘇蘇：「蘇蘇，你快說，我是不是很厲害，我發現了一個這麼好玩這麼神秘的山洞。」

　　蘇蘇朝他咧嘴一笑，說：「是，曉星哥哥你好厲害啊！」

　　曉星得意地說：「那還用說！」

　　曉晴睨了弟弟一眼：「哼，哪有人自己討稱讚的。瞧你那得意樣！」

　　「本來就值得稱讚嘛！要不是我找到了這個好地方，你們今晚還得在露天睡覺呢！」曉星眼睛骨碌碌轉了一圈，「咦，對了，新發現的小行星都可以用發現人名字冠名呢，我發現了這山洞，也可以把這命名為『曉星洞』。哈哈，真好聽，『曉星洞』！」

　　曉晴說：「星你個頭！我認為叫『五俠洞』好，五俠闖千沙，最合適不過了。」

　　「同意！」

　　大家都舉起了手，曉星只好嘟嘟囔囔地自我安慰說：「五俠洞就五俠洞吧，我有五分之一，也不錯

哦！」

　　過了一會，曉星説：「小嵐姐姐，我的肚子抗議了，該吃晚飯了。」

　　經他一提醒，大家都停下手來，肚子的確餓了。

　　「啊，東西全在船上！」曉晴突然驚叫起來。

　　大家都呆住了。

　　「天哪，我可愛的快食麵啊！我心愛的巧克力啊！」曉星沮喪得有如世界末日。對於這饞貓來説，吃比什麼都重要。

　　小嵐説：「沒什麼大不了！等天黑了，我們回到船上拿。」

　　「對啊，回船上拿！」曉星一聽又開心起來了，「小嵐姐姐，我幫你掃地。」

　　他折來了一根掛滿枝葉的枝丫，使勁地掃着，卻不管揚起了漫天灰塵。

　　「咳咳咳……」曉晴被灰塵嗆得直咳嗽，「你這壞傢伙……咳咳咳……好事不做……」

　　小嵐一把奪過曉星的「掃把」，説：「你出去偵察一下敵情吧，看看黑森國那兩艘船走了沒有。」

　　「偵察敵情，這任務好重大啊！」曉星誇張地睜大眼睛，朝小嵐敬了個警隊禮，「長官，堅決完成任務！」

　　説完，「砰砰砰」跑出了山洞。

一會兒，曉星緊張兮兮地跑回來了：「不好了！不好了！」

大家都停下手，看着他。

曉星拉着小嵐往外面推，說：「小嵐姐姐，你們快去看看！」

大家都莫名其妙地跟着他走到山崖邊。朝曉星手指的地方一看，啊！大家都愣了。

只見兩艘巡邏艦開走了。這是好事啊！

其中一艘巡邏艦後面拖着一艘船——那正是他們的「前進號」。啊，大大的壞事！

曉星又再悲鳴起來：「天哪，我可愛的快食麵啊！我心愛的巧克力啊！」

小嵐和其他小伙伴面面相覷，他們想到的是更嚴重的問題——船沒了，他們回不去了。

小嵐首先打破了沉悶，她說：「嘿，既來之則安之。我們該幹什麼就幹什麼，等找到了證據，我們再想辦法回去。」

曉晴一臉恐慌：「小嵐，真的能回去嗎？我不想被抓住，不想進有蟑螂的牢房。」

小嵐說：「你信我。我們一起經歷了那麼多災難，最後還不是平安回家？」

曉星忘了他的巧克力了，湊過來說：「對，天下事難不倒馬小嵐嘛！我相信小嵐姐姐。」

蘇蘇說：「我也信！」

曉晴眨眨眼睛：「嗯，我當然信小嵐！」

龍一笑着說：「我從來都不懷疑。」

小嵐說：「那好，那我們——無畏無懼，找到證據！」

大家一下子信心滿滿的：「無畏無懼，找到證據！耶！」

不過，曉星很快又苦口苦臉地說：「可是，沒有美食的鼓勵，我哪有力氣去尋找證據呢？」

「放心，有山在，就餓不死你，山上寶貝多着呢！我現在就出去找找，保證你有東西充饑。」小嵐又對曉晴說，「你帶着他們繼續打掃，我去找吃的。」

龍一怕小嵐一個女孩在荒山上行走有危險，便說：「我陪你去吧！」

小嵐笑着點點頭：「我就在附近找，沒事的。不過你一塊去也好，你可以做苦力，幫忙把東西拿回來。」

小嵐和龍一剛走出洞口，曉星就跟着跑出來了，說：「等等，小嵐姐姐，我也要跟你去尋寶！」

小嵐說：「不行！」

「小嵐姐姐，你是怕我把找到的東西吃光吧！」曉星發誓說，「我保證不偷吃。」

小嵐心想，這傢伙不可信，等會見到吃的他肯定連自己姓什麼都忘了，還記得發過什麼誓嗎！

想了想，小嵐説：「曉星，我不帶你去是想讓你留下來保護兩個女孩子。你是個了不起的小男子漢，一定能保護好曉晴和蘇蘇的，是不是？」

　　曉星一聽馬上直起腰：「當然！我一定會保護好她們。小嵐姐姐，你放心去吧！」

　　小嵐笑嘻嘻地表揚説：「曉星真乖！」

　　「本來就是嘛！」曉星得意之極，回頭對那兩個正忙着的女孩喊道，「喂，小嵐姐姐交給我一個很重要的任務，就是保護你們。我來了！」

　　千沙島是個無人島，所以挺荒涼的，路也不好走。當然啦，俗話説路是人走出來的，既然沒人走，當然就路不成路了。

　　但正因為荒涼，正因為是無人島，島上特別幽靜，空氣特別清新，在這靜謐的環境裏走着，還挺舒服的。小嵐借着白日餘下的一點微弱光線，在草叢裏搜索着。突然，她停住腳步，高興地喊了起來：「龍一，快來！」

　　她彎下腰，在那叢植物中摘了一串野果，只見上面長了十幾個紅彤彤、鮮豔欲滴的小圓果子，漂亮極了！小嵐摘下一個放進嘴裏，又扔了一個給龍一，龍一接過放進嘴裏，一咬，咦，還很甜呢！

　　龍一驚喜地問：「這叫什麼？又漂亮又好吃！」

　　小嵐邊咀嚼邊回答：「它叫蓬藟。」

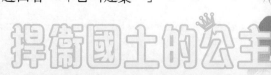

　　小嵐找來了一片闊大的葉子，折成一個袋子，把蓬藁摘下放進去。龍一也上去幫忙，很快，草叢中的蓬藁摘光了，那個「樹葉袋子」也裝得滿滿的。

　　「拿好，別灑了。」小嵐把裝着蓬藁的「樹葉袋子」往龍一手裏一放，又往前走了。

　　龍一笑笑，捧着東西跟在她後面。不知怎的，他跟這女孩在一起時心情特別愉快，心甘情願地做她吩咐的任何事。

　　小嵐走着走着，在一棵樹下停住腳步。她抬頭看了看，對龍一說：「你再去找一塊大葉子來。」

　　「哎！」龍一把手裏的東西放在草地上，又找了一塊大葉子回來，回來不見了小嵐，正驚訝間，聽到頭頂上有人「嘻嘻」地笑着。

　　龍一抬頭一看，見到小嵐坐在樹上，正笑呵呵地看着他。

　　「啊，你怎麼爬樹上了？小心點！」龍一驚訝地看着小嵐，沒想到還有城市女孩會爬樹的。這小嵐，真讓人刮目相看。

　　小嵐笑道：「我來找吃的，爬樹也當然是為了吃的了。這是一棵桑樹，果實叫桑椹。桑椹可好吃呢！」

　　龍一看着小嵐，笑着說：「小嵐，你還什麼都懂呢！」

　　小嵐笑笑，心想：什麼都懂的是萬卡哥哥。這些都

是跟萬卡哥哥去爬山時，萬卡哥哥告訴她的。

小嵐説：「你把葉子放在地上，我把桑椹扔到上面。」

話音剛落，一個紫色的果實便從樹上扔了下來，不偏不倚落在葉子上。接着，撲撲撲撲，葉子上很快鋪滿了桑椹。連草地上也落了很多。

小嵐吱溜地從樹上滑下來，和龍一一道把草地上的桑椹放進闊葉子裏，兩人高高興興地往回走。半路見到一條清澈的小溪，兩人又停下來，把採到的果子洗乾淨。

老遠看到曉星拄着根粗樹枝，像哨兵一樣站在門口。一見到小嵐和龍一回來，他兩眼放出光芒，扔了樹枝衝過去：「小嵐姐姐回來囉！小嵐姐姐，龍哥哥，找到什麼好吃的？」

當晚，大家飽餐了一頓「果子宴」，都吃得挺滿意的。曉星是有名的「垃圾桶」，什麼都可以吃一頓；蘇蘇自小在南非部落，早就習慣了；連挑剔的曉晴，都滿意地説這些果子不錯，還可以減肥。

曉星邊吃邊大發謬論，説以後可以在千沙島設一個野果出口公司，源源不絕地把野果採回去賣，做無本生利的生意，他做總裁，小嵐做副總裁，曉晴和蘇蘇做銷售經理⋯⋯

小嵐見他把果子一個接一個放進嘴裏，便故作認真

地說：「我倒覺得你當野果『進口』公司總裁比較勝任。」

大家看着曉星被果子塞得鼓鼓的兩腮，都很想笑。偏偏曉星仍傻呼呼地追問着：「為什麼？小嵐姐姐，為什麼你覺得我適合當進口公司總裁？」

大家實在忍不住，「轟」一聲笑了起來。

第 13 章　小白耳騙走黑森兵

天剛亮，小嵐就把大家叫起來了。

用山溪水洗了臉，大家又飽餐了一頓野果子，把昨晚剩下的全吃光了。曉星用舌頭舔舔嘴，說：「小嵐姐姐，我還想吃！」

小嵐說：「山上有的是，等會我們去找證據時，沿途都有。你只須伸手摘便是。」

曉星十分雀躍：「哇，真是開心死了。」

曉晴說：「就知道吃！別忘了我們來這裏的目的。」

曉星說：「姐姐，你別冤枉人。我是找證據第一，吃第二。」

小嵐說：「好啦好啦，準備出發了。爭取一天之內走遍全島。我們的主要任務是，找到那塊鑿有字的大石。」

之前小嵐已把龍一老師的發現告訴大家了，所以大家都明白搜尋的目標是什麼。一行人出發了。

千沙島才五平方公里，範圍不算大，大家都以為一日時間足夠了，但他們走了一小段路後，就發現困難了。正如龍一說過的，這些無人島，路特別難走，可不，一路上坑坑窪窪的，一不小心就會扭了腳。有時還

會遇到一道深溝攔路，要繞一個大彎才能往前走。

走到中午，還沒發現大石的蹤影，也沒發現有其他什麼可供鑑證的古文物。小嵐看到除了龍一之外，其他人都累了，便説：「大家休息一會兒吧！吃點東西再走。」

曉星一聽便又來勁了，他説：「小嵐姐姐，這次由我來採果子。」

曉星説完，拉着蘇蘇撒腿跑了。

不一會兒，兩人就一人捧了一大把野果回來，全是熟透的。看來這島上真盛產野果呢！

大家飽餐一頓之後，又開始搜索了。

突然，曉星喊了聲：「跳跳！跳跳！」

跳跳？大家馬上想起了蘇蘇帶給他們的那隻小松鼠。順着曉星手指的方向看去，啊，果然見到一隻褐色的小松鼠用手抱住樹幹，正用亮晶晶的眼睛看着這班「不速之客」。

曉星説：「是跳跳，真的是跳跳！怎麼跳跳跑這裏來了？」

曉晴給了曉星腦袋一個炒栗子：「什麼跳跳！笨！你以為牠那麼厲害，會自己坐飛機，自己游泳，然後登上千沙島嗎！」

曉星嘟着嘴摸着腦袋，説：「牠們真的很像嘛！」

蘇蘇建議説：「咱們把牠帶回去，讓跳跳有個

伴。」

「同意！」曉星一聽可興奮了，他從口袋裏拿出一個小松果，扔到樹下，小松鼠見了，迅速爬了下來，用兩隻前爪捧起小松果，用大板牙啃着。曉星趁機走過去，一把將牠捉住了。

「啊，好可愛！」大家興奮地圍了上去，爭着用手撫摸小松鼠，小松鼠用亮晶晶的眼珠看了看他們，竟然不害怕，繼續專注地對付手裏的小松果。

曉星說：「我說得沒錯，牠跟跳跳真的好像呢！黑眼睛、褐色毛……」

曉晴不給他翻案機會：「我說你跟蘇蘇也是長得一樣行不行？你們都有一個腦袋兩隻手兩隻腳兩隻眼睛一個鼻子一個嘴巴！」

我們的曉星同學頓時沒詞了。

乖巧的蘇蘇出來打圓場：「我們給小松鼠起個名字吧！」

曉星一下子又興奮起來了：「贊成！牠一身毛絨絨的，就叫毛毛。」

曉晴說：「牠的眼睛亮晶晶的，我看叫晶晶好！」

曉星說：「毛毛！」

曉晴說：「晶晶！」

曉星說：「毛毛！！」

曉晴說：「晶晶！！」

小嵐説：「這隻小松鼠有點特別，牠渾身褐色，但卻有一隻耳朵是白色的，乾脆叫牠小白耳好了。」

曉星不想讓姐姐得逞，曉晴也不想讓曉星如願，便一齊説：「同意，就叫小白耳！」

偏偏還沒完，曉晴要搶弟弟手上的小白耳，説要由她照顧。曉星死也不肯，説是他捉住小白耳的。

小嵐不耐煩了，一把拿過小松鼠，放進自己的上衣口袋：「還是讓我照顧吧！」

曉星眼饞地看着小白耳，但小嵐扭頭往前就走了，曉星只好苦着臉，跟在她後面。

就這樣走呀走，很快走了大半個島嶼了，但仍然沒發現大石頭的蹤影，大家都有點急了。

曉晴説：「龍哥哥，那石頭真的存在嗎？」

龍一也有點焦急，他説：「是老師從一本古籍上看到的。也有可能因為年代太久破碎了，或者被土掩埋了。」

小嵐説：「大家不要失望，不是還有小半的地方沒找過嗎？大家要有信心，龍一的老師是著名的考古學家，他一定是覺得可信，才告訴龍一的。」

蘇蘇突然緊張地扯扯小嵐的衣服，指指前面説：「小嵐姐姐，前面有人！」

大家都嚇了一跳，這島上怎麼會有人呢！

順着蘇蘇的手指看去，只見前面有個山洞，洞口影

影綽綽真的好像站着兩個人。小嵐小聲説：「別出聲，我們走近一點，看清楚再説。」

大家躲進一處灌木叢，借着灌木的掩護輕手輕腳靠近山洞。越走越近，終於看清楚了，站在山洞口的是兩名持槍的男人，看他們的衣着打扮，應該是黑森兵。

小嵐壓低聲音説：「洞口有人站崗，大家想想，這説明了什麼？」

龍一説：「洞裏有重要的東西，或者重要的人。」

「嗯嗯嗯。」其他人都表示贊同。

小嵐説：「我也這樣想。究竟是什麼呢？」

正在這時，曉星不小心踩着一根樹枝，發出「啪」一聲響。

「誰？！」守着洞口那兩個人聽到了，喊了一聲。接着拿着槍朝小嵐他們隱藏的地方走了過來。

糟了，要是讓他們發現，那就壞大事了。找證據的事無法繼續下去，説不定還被無理地抓捕呢！

正在危急時候，小嵐靈機一動，她從口袋裏拿出小白耳，朝灌木叢外一扔。小松鼠靈巧地着地，又機靈地爬上附近一棵樹上去了。

那兩人見到小松鼠，停住了腳步。其中一個人説：「該死的松鼠！還以為是剛才那艘漁船上的人登島了呢。」

「擔心什麼？剛才總部不是通過衛星電話跟隊長説

了嗎？那幫人是想登島，但被沙灘上的狼狗趕回水裏，之後沒了蹤影，估計全淹死了。」另一人漫不經心地說，「我們快回去守洞口吧，要是讓裏面的烏國人跑了，我們就慘了。」

「才不擔心那些人會跑掉呢！一個個都被五花大綁，除非他們會脫身術吧！」

兩人邊說邊回到洞口，重新守在那裏。

小嵐五個人坐在灌木後面的草地上，曉晴說：「剛才他們說，洞裏有烏國人，莫非是我們那六名保千人士？」

小嵐點點頭：「我想是！」

曉星說：「啊，我們馬上去救他們。」

小嵐說：「不行！我怕萬一救不到人而我們又被敵人發現。萬一被抓，無法再搜索證據，那就前功盡棄了。暫時不能讓敵人知道我們登島了。」

龍一點頭說：「小嵐說得對，先找到證據，再想辦法救人。我想保千人士的安全暫時沒問題的，黑森國政府不敢對他們怎樣。」

捍衛國土的公主

第 14 章　賣國賊

繼續搜索中。

因為知道島上有黑森兵，他們的行動很謹慎，也盡量不說話。但令人很失望的是，他們已經環島一周了，但仍然沒發現那塊有字的大石。

已到黃昏，走了一天的路，大家都累極了，五個人圍坐在草地上，好像連說話的力氣都沒有了。

曉星說：「唉，我們的任務失敗了。沒找着證據，怎麼辦呢？」

小嵐沒說話，她心裏也挺亂的，找不到證據，就肯定要打仗了。雖然說她堅信烏沙努爾一定會打贏，但是戰爭就是毀滅，就是死亡，她不想走到這一步。

大家見小嵐不吭聲，心裏更加沮喪。

龍一說：「對不起，我讓大家失望了。」

「你別這樣，這不怪你。」小嵐說完，又看了看大家，「乾嗎這麼無精打采的呀？我們不會白來的，即使找不到證據，能救出六名保千人士，把他們帶回烏沙努爾，同樣是一件很了不起的事。只要救出保千人士，找證據的事，我們慢慢想辦法。謊言始終不能長久，真理在我們手裏，我們一定能用事實去粉碎黑森國政府的陰謀詭計。」

大家臉上又有了笑容。

小嵐説：「來，我們開個會，討論兩個問題。第一，怎樣救出那六位保千人士。第二，沒有船沒有通訊設備，怎樣回去。」

手機沒訊號，衛星電話又在船上，所以他們根本無法與外面聯絡。

曉星搶着舉手：「我説我説！」

小嵐點點頭説：「好，你先説。」

曉星説：「他們只有兩個人，我們有五個人呢！我們可以借着亂草和灌木的掩護悄悄接近山洞，然後五個人一齊撲上去，我和龍哥哥對付一個，三個女孩子對付一個。繳了他們的槍，繳了他們的衛星電話，再把他們綁起來。大功告成！」

小嵐説：「你以為是拍電視劇嗎？這麼容易。你沒看見剛才那兩個人，身高有一米八，身子壯得像頭牛，而且他們還有槍。」

曉星搔搔後腦勺，説：「那也是。」

龍一説：「或者這樣。我們先在路上挖一個陷阱，再在坑的底部放上捕獸器，然後想辦法引那兩個士兵往那裏去，讓他們掉進陷阱。如果只成功搞妥一個，那也行，我們四個人制服另外一個，勝算會很大。」

「好辦法！」大家鼓起掌來。

小嵐點點頭：「龍一的辦法可行。但是，誰會做捕

獸器呢?」

蘇蘇舉起手,說:「我,我會!我們在南非部落時,經常用捕獸器捕捉猛獸。我們的材料很簡單,用竹子就行。我們的捕獸器特別厲害,十次有九次半都會成功。」

大家都很興奮,曉星更是高興瘋了,他自告奮勇地說:「那明天我負責把他們引到陷阱那裏去!」

蘇蘇說:「不,還是我去吧!我小時候就常滿山跑,小猴子都沒我跑得快呢!由我去引他們,保證他們落網。」

小嵐想了想,也覺得由蘇蘇去比較合適,便點點頭說:「也好,那就蘇蘇去做這件事吧!千萬小心點。」

「嗯!」蘇蘇自信地點點頭。

小嵐又說:「蘇蘇引開兩個黑森兵後,我們就迅速進洞救人……」

小嵐話沒講完,就聽到龍一說:「噓,有人來了!」

大家趕緊屏息靜氣。果然,聽到一陣咔嚓咔嚓腳踩在樹葉上的聲音。一會兒,見到有兩個人從海灘小路上來了。一個手拿着根扁擔,一個提着個空籮筐,雖遠了點看不清面目,但仍可以肯定這兩個人不是剛才守在洞口的那兩個。守洞口那兩人高矮差不多,都是一米八十左右高度,而這兩人一個高一個矮。

小嵐嚇了一跳，心想，幸虧還沒去救人，原來島上還有其他黑森兵呢！

　　那兩人邊走邊說話：

　　「那些狗真能吃，每天一籮筐牛肉，都讓他們吃得光光的。」

　　「是呀！得讓戴笨旦隊長打衞星電話讓總部再送食物來，不然的話，我們吃，狗也吃，東西很快就沒了。」

　　「我們前些天是幹重活，才吃那麼多。這些畜生一天到晚只會汪汪亂吠，沒功也沒勞，卻養尊處優。」

　　「是呀，早些天做苦力挖地三尺，挖了好幾處才挖出了那塊被埋了半截的大石。」

　　「其實，我們那政府也真夠缺德的，那塊大石上明明白白鑿着『千沙島，烏沙努爾的藍色寶石』，旁邊還有行小字，寫着『多善縣長官惠萊於一四零四年立』。連隨我們來的那個考古學家寶安作了考證後，都說真是一四零四年留下的東西。這些字，正正說明烏沙努爾從六百年前就屬於人家烏沙努爾呀！那寶安竟然說奉了森泰郎總理的命令，要我們把大石砸個粉碎，一點痕跡也不留……」

　　「聽說那寶安是烏沙努爾人呢！這人真是個徹頭徹尾的賣國賊，連自己國家都背叛……」

　　聽到這裏，蹲在草叢中的五個人都恨得咬牙切齒

的。原來，龍一老師那本古籍裏説的是真的，真有這麼一塊大石。可惜遲了一步，讓黑森國政府破壞了。

五個人之中又數龍一最憤怒，原來黑森兵口中的考古學家寶安，就是他的師兄。真沒想到，他出國原來去了黑森國，還把這秘密告訴了黑森國政府。出賣老師，更出賣了國家。

這時聽到有人説：「邱良森，你別再説了。你這番話要是讓戴笨旦隊長聽了去，上報政府，是要叛死罪的。」

「嘻嘻，就因為你是我好兄弟，不會出賣我，我才敢説的……」

兩人説着話走過去了。小嵐小聲説：「計劃有變！我們跟着他們，先摸清島上有多少黑森兵。還有，他們都住在哪裏。」

「明白！」

一行五人悄悄地跟着那兩個黑森兵，大約二十分鐘後，到了關保千人士那山洞的附近。

原來這裏還有一個山洞。那兩人把手裏的扁擔和籮筐放在洞口，其中一個人朝裏面喊道：「隊長，我們回來了！」

洞裏有一個人走出來，惡狠狠地説：「你們兩個臭小子，去那麼久，偷懶去了！」

這應該就是這兩人口中的戴笨旦隊長了。

那邱良森説：「隊長，我們沒偷懶，是那些狗麻煩，牠們一聞到肉味就呲着牙朝我們跑過來，嚇得我們扔下籮筐就跑。還是等他們吃夠了躺下睡了，我們才偷偷過去把籮筐拿回來。」

戴笨旦隊長説：「哼，這次就饒過你們。」

那三個人進洞去了。

現在是見到三個人。但是，洞裏還有人嗎？

小嵐説：「我們兵分兩路。蘇蘇，你和曉晴曉星先去勘探一下，選擇挖陷阱的最佳地點。挖掘要在半夜進行，要等那些士兵睡了才行。地點要離這裏遠一些，免得挖掘時讓黑森兵聽到。也要離海灘遠些，防止那些狼狗聽到動靜。天黑了，你們抓緊時間，爭取在天全黑前回到五俠洞。我和龍一去黑森兵住的山洞探探，看他們有多少人。」

113

小嵐和龍一借着掩映的樹木，悄悄走近洞口。小心地聽了一會兒，裏面有説話聲，應是士兵在邊吃飯邊説話。聲音很小，聽起來隱隱約約的，估計他們在山洞較深的地方。

兩人悄悄朝洞裏看去，只見狹長的一條路，直通裏面，黑咕隆咚的，洞的深處隱約見到有燈光透出。

小嵐對龍一作了個進去的手勢，龍一點點頭，兩人悄悄走進山洞。順着通道走了進去，沿路見到放有許多生活用品，還有幾個冰櫃。透過玻璃看去，冰櫃裏面儲

存了好些即食飯快食麵等，還有一個冰櫃放滿了一塊塊生肉，想是用來餵海灘上的狗的。

越往裏走，人聲越來越大，前面有一彎位，小嵐相信，彎位裏就是黑森兵休息的地方。小嵐朝龍一打了個停止的手勢，然後悄悄地朝裏面探頭看去。她在暗處，黑森兵在明處，所以她很容易就看清了裏面的情況。只見裏面放着幾盞露營燈，幾個男人坐在地上，一人拿着一盒飯在吃着。

一、二、三，裏面只有三個人，就是去餵狗的那兩個，還有那隊長。小嵐放心了，她剛才還擔心有很多黑森兵，那他們對付起來就難多了。

小嵐還留意到，那裏面已是山洞盡頭。

她回頭向龍一作了個「OK」的手勢，兩人又悄悄走出洞口。

「裏面只有三個人。」小嵐告訴龍一。

龍一說：「三個加兩個，五個黑森兵。這樣還好對付。」

「嗯！」小嵐點點頭。

小嵐臨走時看了一下洞口，驚喜地發現，那裏不但放着扁擔和籮筐，還放着挖土用的鐵鏟和鐵鍬。應該是他們挖大石時用過的。

小嵐心裏暗暗高興，等會我們挖陷阱時，正好用得上呢！

　　小嵐他們回到五俠洞不久，曉晴姐弟和蘇蘇也回來了。蘇蘇說，她已經物色了一個很適合做陷阱的地點。

　　小嵐說：「好。我們剛才也進過那黑森兵住的山洞了，裏面只有三個人，就是我們剛才看見的三個。連看守保千人士的兩個，一共五個人。」

　　曉星說：「五個人？那我們挖的陷阱豈不是要很大才行。」

　　小嵐說：「不，把五個人全引向一個陷阱，恐怕不夠保險。蘇蘇，你還有沒有其他方法。」

　　蘇蘇說：「在南非部落的時候，我們常做一些繩網，架在野獸走過的地方上空。野獸走過時觸動機關，繩網就會落下來，把牠們網住⋯⋯」

　　小嵐點點頭，讚許地看着蘇蘇。

　　曉星高興地說：「啊，那我們也可以做些繩網抓黑森兵！」

　　龍一也說：「這方法很好。」

　　曉晴問：「蘇蘇，你會做繩網嗎？」

　　蘇蘇說：「會啊，我試過用繩網抓了一隻野狼呢！」

　　曉星興奮說：「蘇蘇，那這次我們也做繩網，也抓狼，黑心狼！」

　　「好，就做繩網！」大家鼓起掌來。

　　小嵐又問：「做繩網的材料能解決嗎？」

蘇蘇說：「能。有山就一定有藤，我們可以找一些粗細合適的藤來編網，藤網比繩網還要結實呢！」

小嵐很高興：「非常好！那我們今晚就分成兩組，蘇蘇跟曉晴負責編網和做捕獸器，我和龍一、曉星就負責挖陷阱。我們現在先睡覺休息，大約十一點起來，那時候黑森兵應該睡了，我們就開始工作。一定要在天亮前把陷阱和捕獸器、繩網都準備好，明天我們就開始『捕狼行動』，讓那些黑森兵落入我們設下的天羅地網。」

大家你看看我，我看看你，都磨拳擦掌，十分興奮。

「嘻嘻，太好玩了！該死的黑森兵，明天就知道我們的厲害！」曉星樂滋滋的想。

捍衛國土的公主

第 15 章　大笨兵掉進陷阱裏

　　十點半左右，小嵐把龍一叫醒了，兩人一起出去了一趟。他們悄悄去了關押保千人士的山洞，見到兩個守洞的人坐在洞口，縮作一團睡着了。又去了黑森兵住的山洞，見到靜悄悄的，裏面沒有一點光，想來裏面的人也都休息了。小嵐和龍一會心笑笑，兩人把放在門口的鐵鏟、鐵鍬、籮筐和扁擔拿走了。

　　回到五俠洞，叫醒曉晴他們，大家很有默契地兵分兩路，曉晴和蘇蘇去找山藤編網，曉星就帶小嵐和龍一去昨天蘇蘇選好準備挖陷阱的地方。

　　小嵐和龍一曉星去到挖陷阱處，時間緊迫，龍一二話不說，拿起鐵鍬就挖土，而曉星搶着負責把土鏟到籮筐裏，然後和小嵐兩人抬到草叢中倒掉。

　　別看龍一身材瘦削，但還是蠻有力氣的，他揮起鐵鍬，一下一下的，很快就挖出了一個大坑。反倒鏟土的曉星很快累得抬不起手，小嵐要跟他輪換着鏟，他開始還死撐着，說什麼「男孩子幹的活女孩子快走開」，死活不肯，但結果鏟得越來越慢，小嵐不得不來個硬搶，把鐵鏟拿到手。

　　小嵐也沒幹過這種體力活，幹一會兒也累得氣吁吁的，龍一見了，非要她和曉星休息一會兒，自己又是

挖，又是鏟，又是扛，弄得小嵐都挺不好意思的。曉星則極盡「擦鞋」之能事：「龍哥哥，你真厲害，你開船很了不起，挖土也了不起，你真是全能的啊！我真是佩服得十體投地了，足足比五體投地多了一倍呢！」

龍一聽了哈哈大笑。

小嵐給他一個炒栗子，又説：「少廢話，留點力氣幹活。」

就這樣，他們在清晨五點時，把一個深兩米長兩米闊三米的陷阱挖好了。

他們回到五俠洞時，正好曉晴和蘇蘇也把藤網和捕獸器做好了，大家七手八腳的，把繩網抬到蘇蘇選定的地方，又在蘇蘇的指點下，把它布置好。到時只要黑森兵走過這條路，絆到地上那條細藤，整個網便會從天而降，把他們網住。

之後他們又一起去到陷阱處，蘇蘇找來一根竹子，機靈地滑下兩米的深坑，細心地把用竹子做的幾個捕獸器安放在坑底。

蘇蘇讓大家把幾根長竹子剖得細細的，又是橫又是豎的一條條放在陷阱上，又鋪上許多枯樹枝樹葉。因為是個平時沒人的荒島，所以地上本來就鋪滿了雜七雜八的枯枝葉，所以乍看上去，一點也看不出這下面有個陷阱呢！

大家前後左右看了一遍，見到毫無破綻，才放了

心。

這時，天已大亮，大家雖然只是昨晚睡了兩個小時，但仍精神奕奕的，所有人都為今天的行動興奮着。

小嵐開始步署一切：「大家聽好。現在我們分成兩個戰場，第一戰場由我和蘇蘇、龍一負責，我們去對付那三個黑心兵，把他們引到陷阱裏；第二戰場由曉晴和曉星負責，你們兩人先去關保千人士的地方，監視着那兩個守洞的。三個黑森兵住的山洞離關人的山洞也有一段距離，估計那兩個看守不會發現我們那邊的動靜。如果他們不動，你們也就別動，等我們這組完成了任務，再過來和你們會合，一齊對付他們。但是萬一我們那邊動靜太大驚動了兩名看守，他們要過去瞧時，那事情就有點麻煩，那就只好由你們想辦法把他們引到藤網那裏。大家明白沒有？」

大家看着小嵐，齊聲説：「明白。」

「大家要安全為上。好，出發！」小嵐發出命令。

小嵐和龍一、蘇蘇往黑森兵休息的山洞走去，三個人一路揀了很多乾樹枝。遠遠見到那山洞了，看上去靜悄悄的，那三個人應該還沒有起牀。哈，正是行動的好時機！

小嵐等人悄悄走到洞口，放下樹枝，龍一掏出打火機，「啪」一聲打着火，把那堆樹枝點着。那些樹枝都很乾燥，火「哄」一下就燒起來了，小嵐又朝火上扔了

幾根濕樹枝，火馬上冒出濃煙，曉星和龍一一人拿塊大樹葉，使勁把煙往洞裏搧。聽見裏面有人喊：「媽呀，這麼多煙。快逃！」

小嵐三個人趕緊藏進了灌木叢。

小嵐朝蘇蘇說：「下面看你的了。我和龍一會跟在後面，如果你有危險，我們會第一時間拚命去救你的。」

蘇蘇說：「放心！我保證把他們引進陷阱！」

這時，洞裏三個黑森兵一個接一個，邊咳嗽邊跑了出來。

「天啦，誰在這裏燒火？」

「這島上除了我們還有誰呀？」

「莫非是那兩個小子？」

「不會吧！他們幹嗎要這樣整蠱我們，想死嗎！」

這時候，蘇蘇從灌木叢中跑了出去，朝那三個人喊了聲：「哈哈，是我燒的，想嗆死你們！」

說完，撒腿就跑了。

那三個人一見蘇蘇，馬上愣了。他們肯定沒想到這島上還有其他人吧！

幾秒之後，他們回過神來了，戴笨旦喊了聲：「抓住她！」

三個人朝蘇蘇追了過去。

小嵐和龍一悄悄跟在他們後面，也追了過去。

蘇蘇跑得好快呀，像隻靈活的小猴子，那三個傢伙緊緊追着，一邊追一邊叫道：「站住！站住！」

其中有人從腰上拔出手槍，「砰」的朝天開了幾槍。

這時已接近陷阱了，只見蘇蘇跑到陷阱邊緣時飛身往前一躍，一下躍了幾米遠，然後輕輕落在陷阱對面。

蘇蘇回身朝那三個黑森兵扮鬼臉：「來呀，抓我呀！抓我呀！」

黑森兵看清只是個小女孩，都不把她放在眼內，想立功拿獎金，就爭先恐後朝蘇蘇奔去。哈哈，這下子好看了，跑前面的那個黑森兵撲通一下掉進了陷阱，跑第二的那個見大事不好忙站住，但第三個人卻不知情況又收不住腳步，把第二個人一撞，於是兩人又一齊掉進了陷阱。

馬上，坑裏發出了哇哇的怪叫聲，不知道是摔痛了還是讓捕獸器夾痛了。

「哈哈，成功了！大笨兵掉進陷阱裏了！」蘇蘇拍手大笑。

這時小嵐和龍一也跑來了，三個人抱在一起，跳呀跳的，高興死了。

蘇蘇朝坑裏的人說：「你們千萬別動，也休想掙脫捕獸器，否則捕獸器會越夾越緊的。」

小嵐有點擔心曉晴姐弟，說：「我們快去曉晴那

裏增援，剛才那人開了幾槍，我怕會驚動了那兩個看守。」

於是，大家顧不上高興，急忙跑去第二戰場了。

跑到關押保千人士的山洞口，卻不見了看守的兩個黑森兵，也不見了曉晴和曉星。小嵐他們急了，忙往置放藤網的地方狂奔，大家都害怕曉晴和曉星出事！

還沒跑到，就聽到曉星得意的笑聲：「看你們還敢囂張，砸死你！砸死你！」

小嵐聽到，心裏石頭才落了地。

去到時，見到那兩個看守已被藤網網住，兩人在拚命掙扎，但怎麼也掙不脫。曉晴站在一旁，她仍在喘氣，一副猶有餘悸的樣子。曉星就拿着幾塊小泥巴，一塊接一塊地朝那兩人扔去。

一見到小嵐他們跑來，曉星就丟掉手裏的泥巴，跑過來興奮地說：「小嵐姐姐，看我多厲害，不用你們幫手，也把這兩個黑森鬼搞定了。」

曉晴說：「喂，還有我嘛！」

「厲害厲害，你們兩人都厲害！」小嵐說，「我們的第一戰場也勝利了。你們這邊發生了什麼事，說來聽聽。」

曉星眉飛色舞地說：「我和姐姐在離洞口十來米的地方躲起來，監視着那裏的動靜，那兩個黑森兵一直都坐在洞口打瞌睡。過了一會兒，你們那邊傳來槍響，那

兩人醒了，嚷嚷着要去你們那邊看看。我怕事情弄砸，就拉着姐姐跑了出來，還故意弄出聲響。那兩人看到了，就追了過來。哇，好險啊！差一點點就被他們抓住了，幸虧最危險的時候，我們跑到設了藤網的地方。我拉着姐姐剛跳過了那條連着藤網機關的山藤，這兩個傢伙就跟着追到了。他們一絆到山藤，那網就掉了下來，剛好把他們網住。」

他又挽起褲腿，指着膝蓋說：「你們看，我被這兩個傢伙追得還摔了一跤，流血了。」

怪不得他剛才一副苦大仇深的樣子。小嵐看看曉星膝蓋，皮擦破了，滲出了血，便掏出手絹，幫他包了起來：「辛苦你了，今天記你一功。等會兒我去採些草藥，替你敷上，明天就會結痂。」

他們說話期間，蘇蘇已走過去把那藤網收緊了，那兩人再怎麼掙都沒法掙脫。幸虧這兩人都沒帶槍，要不然制服他們都有點麻煩。這些傢伙，都以為這島上除了他們就沒人，所以都放鬆了警惕。

小嵐說：「好啦，我們現在馬上去救那六名保千人士。」

第 16 章　誰老實誰有飯吃

當小嵐一行五人走進關押保千人士的山洞時，那六個人都呆了，他們萬萬沒有想到會有人來救他們，而且還是一些這樣年輕的孩子。他們激動得熱淚盈眶，跟小嵐他們一一握手、擁抱，場面十分感人。

小嵐跟新聞記者莫大明握手時，後者驚訝地揚起了眉毛，他好像認出小嵐來了。他突然大喊一聲：「您、您不是公主殿下嗎？」

這一聲叫喊，把其他保千人士都引過來了。

「公主？公主殿下？！」那些人都目定口呆。因為他們怎麼也沒想到，堂堂公主，竟會冒這樣大的危險，來到千沙島拯救他們。

「大家好，大家辛苦了！」小嵐本來不想亮出身分，沒想到被認出了，只好默認，「我代表烏沙努爾國王萬卡，代表烏沙努爾人民，向你們致以最崇高的敬意和衷心的慰問。大家受苦了！」

「謝謝！謝謝公主殿下！」被救的人們又一次流下了熱淚。

龍一驚訝地看着小嵐，直到這時，他才知道小嵐的真實身分。

關押保千人士的山洞又濕又有股難聞的氣味，小嵐

忙把他們帶到外面。六名保千人士被關在山洞裏幾天，不見天日，臉色都有點蒼白，所以一出洞，他們就盡情地呼吸着海島的清新空氣，盡情地享受着溫暖的陽光。

小嵐心裏又心痛又氣憤，該死的黑森國政府，竟然這樣對待我們的同胞。

保千人士見到小嵐對人和藹可親，一點公主架子沒有，所以也沒感到拘束。他們像好奇的小朋友一樣，七嘴八舌地問了很多問題，包括他們被捕這段時間發生的事，還有小嵐他們是怎樣排除萬難登上千沙島的。

小嵐剛想開口，見到身邊曉星一副忍不住要開口的樣子，便說：「噢，就讓我們的曉星小朋友告訴你們吧！」

曉星正中下懷，便充分發揮他的伶牙利齒本色，一五一十的，把事情經過告訴了他們，包括烏莎努政府怎樣強烈要求釋放保千人士、黑森國政府怎樣胡說八道妄想欺騙天下人、烏沙努爾政府怎樣準備隨時出兵，還有他們五個人怎樣上千沙島搜尋證據、怎樣被黑森巡邏艦逼得跳水，後來又冒險攀上千沙島，還有黑森國政府怎樣先他們一步找到證據並毀壞，最後他們怎樣設計把島上五名黑森兵全部抓獲……

隨着曉星的講述，保千人士一會兒怒一會兒笑，一會兒喊「糟糕」一會兒叫「痛快」，全都情緒激昂。

保千人士裏的領頭人杜先生是多善市的議員，他直

朝小嵐他們伸大拇指：「真沒想到，你們五個孩子，竟然鬥贏了五個黑森兵，真了不起！」

曉星得意地湊近杜先生，說：「叔叔，我是曉星，是我用藤網網住守山洞的兩個黑森兵的。」

杜先生摸着曉星的腦袋，說：「啊，真的？你好厲害啊！」

曉星好得意：「嘻嘻，我都覺得自己很厲害。」

杜先生對小嵐說：「公主殿下，現在最大的問題是我們沒有船隻，怎樣才能跟國內取得聯繫，讓他們派兵來救援呢？這裏一般手機都不能打電話，得另外想辦法。」

小嵐說：「我們知道黑森兵有一部衛星電話，我們現在就去黑森兵住的山洞搜尋。只要找到電話，就可以跟國內聯係了。」

一行人浩浩蕩蕩去到另一個山洞，小嵐讓保千人士在外面休息，她和幾個小伙伴進洞裏搜索。

可惜，他們把山洞裏的東西全翻遍了，也沒找到衛星電話！

龍一搜到五把手槍，他說：「我們可以武裝起來，保護自己。」

小嵐拿起一把手槍，看了看，是德國造P229型手槍，挺輕巧的。她對龍一說：「我和你各用一把。」

她又問杜先生他們：「你們誰會用槍？」

杜先生說：「我們有三位是槍會會員，都會用槍。」

「那太好了。」小嵐把另外三把手槍交給杜先生，「你分給他們吧！」

小嵐看看手錶，時間已是中午，便說：「這樣吧，我們先吃午飯，然後再去審問那幾個黑森兵，讓他們說出衛星電話的下落。」

山洞裏有兩個冰櫃，一個裝了好多生牛肉，另一個裏面全是些能自動加熱的加熱盒飯。小嵐五人自登島以後就是吃野果充飢，見到有飯吃，都挺開心的。尤其是號稱「吃貨」的曉星，手裏捧着一盒，身邊還放着一盒，還說一定要吃三盒才夠。

吃過飯，又要馬不停蹄做下一件事了。時間不等人，得趕快找到通訊器材通知國內，避免萬卡救人心切，出兵黑森國。

小嵐見到杜議員、莫記者等六名保千人士都神情疲憊，相信被捕這幾天他們都無法很好休息，就說：「你們幾位就在這山洞裏休息一下，好好睡一覺，其他的事由我們來辦好了。你們儘管放心，我一定會想到辦法，帶你們回家的。」

杜先生點點頭，說：「好，謝謝公主殿下！」

走出洞口，小嵐說：「龍一，你和蘇蘇、曉晴去繩網那裏，把那兩個黑森兵綁了，帶到原先關押保千人士

的山洞去。我跟曉星去陷阱那裏，審審那戴笨旦隊長，讓他交出衛星電話。」

小嵐和曉星朝陷阱走去，遠遠就聽到陷阱裏面的三個人在互相埋怨。

「你們幾個笨蛋，竟然連島上來了人都不知道。」

「隊長，你不是也沒發現嗎？你是隊長啊，隊長不是應該比一般隊員要聰明能幹的嗎？你都沒察覺，我們就更加不會知道了。」聽聲音像是那個叫邱良森的人。

「臭小子，你想死啊！竟敢對我冷嘲熱諷。」

「不敢不敢。隊長，你息怒。」

戴笨旦又罵：「都是你們不好！跑出來時為什麼不帶槍？啊，為什麼不帶槍？如果我們有槍，就不怕那些擅自闖入者，我們見一個打一個。」

「隊長，您老人家是帶槍了，但有什麼用？剛才你還不是掏出槍亂打一通，把子彈打光了。沒子彈的手槍，那比廢鐵還不如呢！」

「臭小子，你敢怨我，我回去剝你皮。」

另外一把聲音：「算啦算啦，隊長，邱良森是無心的，他年輕說話沒分寸，你大人有大量……」

「是是，隊長，你就別生氣了，生氣傷身。」

「該死的，把老子當野獸了。這捕獸器怎麼才能拆掉呀，把老子的腳卡得死死的……」那戴笨旦罵罵咧咧的，後來變成了唉聲歎氣，「唉，好餓呀，早餐午飯都

捍衛國土的公主

還沒吃呢！」

一時間，陷阱裏「咕咕咕咕」的空腹音此起彼伏。

小嵐笑笑，問曉星：「我讓你帶幾個加熱盒飯來，帶來了沒有？」

「帶來了。」曉星笑嘻嘻地揚揚手裏的一個袋子。

小嵐說：「吊吊他們的胃口。」

「是，小嵐姐姐！」

曉星從袋子裏拿出一個加熱盒飯，拉開塑膠膠條，裏面的飯菜開始加熱，發出一股香氣。

「咦，哪來的香氣？」

「肯定是那些襲擊我們的人在吃東西。」

「天啊，我更餓了！」

這時，小嵐走前一步，看着陷阱裏的人。陷阱裏的人也看見了小嵐，頓時呆了。

沒想到把他們弄進這陷阱裏叫天不應叫地不靈的人，竟是個美麗的小姑娘。

只見陷阱裏的三個人髒兮兮、土頭土腦的，正是昨天見過的餵狗回來的邱良森兩人，還有隊長戴笨旦。

小嵐居高臨下地看着他們，說：「陷阱裏的人聽着，我們是烏沙努爾公民。你們擅自闖入我國領土，所以，根據烏沙努爾國法第一千零一條，你們被逮捕了。」

戴笨旦立即喊道：「你胡說，我們有證據，千沙島

是屬於黑森國的，擅入別國領土的是你們！」

小嵐冷笑一聲：「你明明知道，那是你們的黑森國政府說大話，那些所謂證據是假的。你明明見過真正的證據，證明千沙島是屬於烏國的證據，只不過是你不想承認罷了。」

戴笨旦一愣，繼而矢口不認：「你亂講！我什麼時候見過那樣的證據，能證明千沙島屬於烏國的證據！」

小嵐說：「別裝了。不但你見過，其他兩個人也見過。兩位，對不對？」

小嵐銳利的眼神打量着另外兩人。

那兩個人顯然心虛了，尤其是那個叫邱良森的，低着頭，臉也紅了。

戴笨旦卻仍然恬不知恥地說大話：「我不明白你說什麼。你趕快把我們放了，要不，有你們好看。」

曉星這時也跑了過去，他氣壞了，跺着腳說：「死壞蛋，顛倒黑白，跟你們的主子一樣壞！再胡說八道，就讓你們餓死在坑裏。」

「餓死就餓死，我們黑森人死都不怕，還怕肚子餓嗎！」

曉星說：「好，就看你可以撐到什麼時候！」

曉星找來一根竹子，把已熱好的香噴噴的盒飯綁上，又把竹子伸到陷阱上面引誘幾個黑森兵：「看，多香啊！不過，這飯只會給好人、誠實人、善良人吃。說

謊的、顛倒黑白的、狼心狗肺的，哼，一粒米飯一片肉也不讓吃！」

那戴笨旦伸手去抓那盒飯，眼看快要夠着了，曉星手急眼快把竹竿往上一提，氣得戴笨旦吹鬍子瞪眼睛的。

曉星把那根竹竿綁在樹幹上，讓盒飯在離黑森兵頭頂半米高的地方晃呀晃呀的，讓他們看得到吃不着，自己卻又加熱另一個盒飯，坐在陷阱邊上大嚼起來。

邱良森對戴笨旦說：「隊長，我們就說實話吧！」

戴笨旦說：「你想死嗎！忘了我們發過的誓言嗎？」

邱良森說：「啊，我還真的忘了，我們發什麼誓了？」

「死蠢！」戴笨旦狠狠地瞪了邱良森一眼，然後望向天空，高舉右手，大聲說，「效忠國家，嚴守秘密，決不說出找到千沙島屬於烏沙努爾的證據的事。」

邱良森指着戴笨旦，大驚小怪地喊道：「哦，隊長，你說了，你把秘密說出來了！這可不關我和田下一的事啊！」

戴笨旦目瞪口呆的：「我……我……」

小嵐和曉星哈哈大笑。曉星說：「戴笨旦，你真是個名符其實的大笨蛋啊！」

小嵐又問：「那我再問你們，衛星電話在誰手

裏？」

邱良森和田下一指着戴笨旦説：「他！」

戴笨旦氣得哇哇大叫：「叛徒！叛徒！……」

曉星説：「大笨蛋，趕快把電話交出來。」

戴笨旦拍拍身上説：「沒有，你們看，我身上什麼也沒有啊！」

邱良森摸摸戴笨旦身上，對小嵐説：「真的沒有呢！我想他一定是把電話藏到什麼地方去了。」

戴笨旦大罵道：「邱良森，你找死啊！」

他想打邱良森，但被牛高馬大的田下一擋住了。

曉星説：「邱良森和田下一能老實坦白，每人一個盒飯。」

邱良森和田下一拿着盒飯，狼吞虎嚥地吃了起來。

戴笨旦要搶，被田下一一肘子撞過去，戴笨旦馬上不敢再動。他只好裝可憐，嚥着口水看着兩個部下：「能不能，能不能留一點給我。」

小嵐見了，對曉星説：「給他一盒吧！」

曉星説：「不，誰老實坦白誰有飯吃！他一點不坦白。」

小嵐説：「我們是泱泱大國，不虐待俘虜。給他吧！」

曉星嘀嘀咕咕的：「這種人給飯他吃，真是浪費糧食！」

戴笨旦吃完飯，滿意地拍拍肚子。曉星對他說：「吃飽了？那快說出電話在哪裏。」

那戴笨旦卻挺賴皮的：「我忘記了，掉進陷阱時碰壞了腦子。」

曉星氣得罵道：「你這個黑心鬼，你腦子早壞了，讓你的黑心主人毒害壞了！」

這時，龍一和蘇蘇過來了，龍一說：「小嵐，我們把網住的兩個黑森兵帶回山洞去了。我留下曉晴看着他們，莫大明也在幫忙看守。你這邊怎麼樣？」

「那傢伙不肯說出電話的下落。」小嵐指指戴笨旦，又說，「先把他們帶回山洞再說！」

小嵐拿出手槍，對着那三個人：「我們現在替你們解開捕獸器，放你們上來。你們老實點！」

邱良森和田下一聽了，馬上點頭。那戴笨旦翻翻眼睛，也點了點頭。

蘇蘇從曉星手上拿過竹竿，伸進陷阱，在夾住邱良森和田下一的捕獸器上點了幾下，啪啪兩下，捕獸器就打開了。

邱良森和田下一活動了一下手腳，然後用手扒住陷阱邊緣，用力一縱身，從坑裏跳上地面。

蘇蘇剛要給戴笨旦解開捕獸器，小嵐說：「慢着！」

她對龍一說：「這人不老實，你先把他綁好。」

　　「啊，這不公平！為什麼他們倆不用綁，我就要綁？」戴笨旦很不服氣。

　　曉星說：「對你這樣的壞人，就得不公平！」

　　龍一在附近找了根細山藤，跳下坑，把戴笨旦綁了。蘇蘇替他解開捕獸器，龍一把將他揪上了地面。

第 17 章　鐵證如山

小嵐等人把三名黑森兵押回山洞。這時，杜先生和其他三名保千人士都過來了，小嵐讓他們和莫大明一起，幫忙看守着那些黑森兵，自己和幾個小伙伴又跑去之前黑森兵住的山洞，再仔仔細細搜了一遍，但還是沒找到衛星電話。

怎麼辦？人救出來了，但跟萬卡聯繫不上，沒法讓他派船來接他們回去。

還不知道國內情況怎樣，萬卡哥哥出兵了沒有。

曉星說：「要不，我們給點厲害戴笨旦看看。或者用笑刑侍候，看他招不招！」

蘇蘇說：「曉星哥哥，什麼是笑刑？」

曉星說：「就是咯吱咯吱咯吱他，他不招，就讓他笑死、癢死！」

蘇蘇瞪大眼睛：「哇，曉星哥哥，這招好厲害啊！」

「盡出餿主意！」曉晴撇了撇嘴，又說，「戴笨旦一定是把電話藏在什麼地方了。但是，這千沙島那麼大，我們怎麼找呀！」

龍一說：「我想，按道理這電話他會隨身帶着的，有可能他從洞裏跑出來，一路去追蘇蘇時，半路上丟

捍衛國土的公主

了。不如我們循着蘇蘇引他們去陷阱的那條路找，看能不能找到。」

小嵐點點頭説：「也不排除有這可能。而且這樣找，搜尋範圍就少多了。」

曉星拍手説：「好，我贊成，我們有五個人，可以來一個地毯式搜索，如果電話真的掉在那條路上，就一定無所遁形！」

時間不等人，大家馬上行動，一字兒排開，按照今天上午蘇蘇跑向陷阱的那條路，一路搜索着。

他們搜得很仔細，有些長得高一點的小草叢都用樹枝撥弄過，看看會不會藏在裏面。

短短一段路，他們搜了快半個小時，眼看陷阱已經到了，但仍沒有衛星電話的蹤影。

大家站在陷阱邊上發愣。唉，又失敗了，這衛星電話究竟在哪裏呢！

曉星顯得特別泄氣，他撅着嘴，把手裏拿着的一根竹子伸進陷阱裏，一下一下使勁地戳着，好像跟誰生氣似的。

曉晴掩着嘴，説：「曉星，別戳好不好，弄得灰塵滿天的。」

話音未落，曉星的竹子戳到了什麼，發出「噗」一聲響，曉星生氣地繼續戳了幾下「噗噗噗噗」，小嵐突然説：「曉星，停！」

曉星收住了要戳下去的竹子，扭頭看了看小嵐。小嵐沒作聲，只是接過曉星的竹子，把他剛才戳的地方撥了幾下，啊，塵土中，露出了一個長方的、黑色的東西。

「啊！」所有人異口同聲喊了起來。

曉星激動地指着那黑東西：「衛、衛、衛……」

他「衛」了半天「衛」不出來，龍一早跳下了深坑，撿起那黑色的東西。啊，衛星電話，真的是衛星電話！衛星電話找到了！

「耶！」大家歡呼起來。

真是「踏破鐵鞋無覓處，得來全不費功夫」呀！

大家伸手把龍一拉了上來，又圍着龍一，爭看那能救命的電話，開心極了。

曉星問道：「小嵐姐姐，有了它，我們就可以讓萬卡哥哥來救我們了嗎？」

小嵐興奮地點點頭：「嗯！」

曉星開心地拉着蘇蘇：「蘇蘇，我們可以回家了！」

小嵐發現正在擺弄衛星電話的龍一皺起了眉頭，心裏不禁打了個愣，忙問：「龍一，怎麼啦？」

龍一看着小嵐，臉上露出了失望的神情。

「怎麼啦？」小嵐又追問了一句。

龍一說：「這電話給鎖住了，要密碼才能用。」

大家面面相覷。搞了半天，到頭來還是得撬開那戴

笨旦的嘴！」

「啊！」曉星咬牙切齒地罵了一句，「該死的戴笨旦！」

大家只好又返回山洞那邊。見到小嵐手裏的衛星電話，戴笨旦愣了愣，但見到小嵐等人無奈的神情，又狡猾地「嘿嘿」笑了起來。

「快說出密碼！」曉星忍不住跑到戴笨旦面前，大聲喊道。

戴笨旦露出一付視死如歸的樣子：「我效忠黑森國政府，我就不說！」

小嵐一聲不響地盯着他，戴笨旦心虛地躲開了。

140

小嵐說：「你不講是吧？好，儲存的食物和水不多了，咱們回不去，吃的喝的又沒了，這對誰也沒好處。」

曉星說：「到時，就首先斷你的糧，斷你的水，餓死你，渴死你！」

戴笨旦脖子一縮，但仍然頑固地一聲不響。

「你自己好好想一想。」小嵐扔下一句，就和小伙伴們走出了山洞。

「氣死人了！」曉星喊着，「我要殺人，殺死戴笨旦。」

蘇蘇驚詫地看着曉星：「曉星哥哥，你真的敢殺人？」

曉星泄氣地説：「我説説而已，我連雞也不敢殺呢！」

又陷入困局了。雖然有了衞星電話，但仍「得物無所用」。

這時，杜先生押着邱良森走了出來，見小嵐等人在洞口，便説：「這傢伙説肚子痛，要出來解手。」

一見到小嵐，邱良森便説：「各位，其實我是想單獨跟你們説一件很重要的事。」

小嵐根據邱良森之前的言行舉止，知道這人不壞，便和藹地説：「什麼事，請講！」

邱良森説：「你們之前説的，我們曾挖掘出能證明千沙島屬烏國的東西，雖然我不知道你們怎麼打聽到的，但是，你們説對了。一星期前，政府派遣我們一隊二十多人來到千沙島，説是執行一項重大任務。臨出發前，我們還被要求每人簽了一份保證書，保證不向任何人透露任務的內容，還申明如果透露了有關秘密，將會受到國法、軍紀的處分。當時隨我們一起來的是一個叫寶安的考古學家，他拿着一本烏國古籍，指揮我們挖完一處又一處，我們還以為是在島上挖什麼寶藏。直到早幾天，把一塊藏了半截在土裏的大石挖了出來，我們看到大石上寫着的字時，才明白是怎麼回事。因為這大石是千沙島屬於烏沙努爾的證據。」

大家都聚精會神地聽着他説話。

邱良森接着說：「我們幾個要好的士兵都暗暗高興，心想這下好了，事情真相大白，千沙島歸還烏國，烏國和黑森兩國緊張關係從此緩和了，戰爭的威脅也解除了。但是沒想到，又接到森泰郎總理命令，要我們把這塊大石上的字砸掉，毀滅證據。」

「真是無恥！」大家雖然之前已聽過這事，現在再聽仍然怒不可遏。曉星氣得用拳頭去砸樹幹。

「我們明知這行為很可恥，但也沒辦法，只好執行命令。我們二十幾個人輪流揮起鐵鍬和錘子，去砸那塊大石頭。但是，也許是天意，老天爺不想歷史真相從此湮滅，不管我們二十幾個壯小伙怎樣砸呀、敲呀，那石頭竟紋絲不動，硬得像一塊鋼鐵，更奇的是，那大石上的字也一點沒被敲掉，竟然清晰依舊。」

「啊，太好了！」原來證據沒被毀掉，大家都喜出望外。

「現在那塊大石呢？」小嵐追問道。

邱良森笑了笑，說：「我出來的目的就是告訴你們大石的下落。大石毀不掉，那考古學家唯有叫我們挖了一個四五米深的坑，暫時把大石埋了進去。那個大坑，就在這島的東面，一棵老松樹下面。」

「啊，太好了！太好好了！」

大家都激動極了。還以為證據被毀，要證明千沙島的島權只能另想辦法了，沒想到「山窮水盡疑無路，柳

暗花明又一村」，事情峯回路轉，原來那塊大石仍安好，靜靜地躺在泥土裏。

小嵐由衷地對邱良森說：「謝謝你，邱良森先生！你是黑森國的良心公民，是烏沙努爾人民的好朋友。我代表烏沙努爾政府，向你致以最衷心的感謝。」

邱良森有點臉紅，他真誠地說：「我只是做了應做的事罷了。其實，黑森國大多數人民都是善良的，明道理的，都知道是我們國家當年給烏國人民帶來了巨大的難災，是我們國家對不起你們。而千沙島的事，也都明白是我國政府為了利益而捏造所謂『事實』和『證據』，想佔貴國領土為己有。只是，我們小市民無法為你們做點什麼。今天，我很高興能為真相作出一點貢獻，希望能幫助貴國拿回屬於自己的東西。雖然回去後，我面臨的將會是法律的懲罰，但我不後悔，我會為自己抗辯，因為我做的是一件正確的事……」

143

「好兄弟，謝謝你！」龍一激動地一把抱住邱良森。

「好兄弟！」曉星也學着，跑過去摟着邱良森一隻手。

大家都湧到邱良森面前，一個個跟他擁抱、致謝。

「邱先生，你放心，我們烏沙努爾一定會把你保護好，不會讓你受到任何傷害！」小嵐一臉堅定地看着邱良森，又說，「邱先生，請你帶我們去埋那塊大石的地方。」

捍衞國土的公主

「請跟我來！」

半路上，小嵐突然想起一件事，她問邱良森：「邱先生，你剛才說，你們小隊有二十多人到了島上，但現在見到的只是你們五個。其他人藏在那裏了？」

邱良森說：「哦，其他人都跟巡邏船回去了。只留下我們五個看守那些保千人士。」

「哦，原來是這樣。」小嵐這才放了心。要是那些兵還在島上，那才麻煩呢！

一行十幾人，浩浩蕩蕩去到島的東南面，大家齊心合力挖呀挖，過程都十分小心，生怕損傷了這珍貴的古文物。經過幾小時的努力，終於把那塊大石挖了出來。

撥開沾在石上的泥土，又用幾桶海水洗了洗，大石上的字清晰地現了出來。

所有人的心都激動得撲撲亂跳。只見大石上鑿着「千沙島，烏沙努爾的藍色寶石」，旁邊還有行小字，寫着「多善縣長官惠萊於一四零四年立」。

杜議員激動得撲到大石上，用手撫摸着上面的字，熱淚盈眶。

小嵐等開心得互相擁抱。鐵證如山，這回黑森國政府再也無法再搞陰謀詭計了。

「萬歲，烏沙努爾萬歲，千沙島是屬於找我們的。」

歡呼聲在千沙島上迴響着。

144

第 18 章　殺人滅口

　　好了，一切太圓滿了，小嵐他們來千沙島的目的已經達到，找到了證據，救出了保千人士。但是，怎樣跟外面聯絡，仍然是一個無法解決的問題。

　　「衞星電話的密碼只有戴笨旦知道，他不說，還真是沒法使用。」邱良森又說，「有一件要緊的事忘了跟你們說。巡邏艦隔三天會來補給食物和水，明天上午七點左右，巡邏艦會準時來到。到時他們會把東西送上來，如果發現人都被抓了，就很麻煩。他們一艘船起碼有五六十名士兵，咱們打不過他們……」

　　大家都愣了。如果一直聯絡不到外界，那明天巡邏艦到來時，就有大麻煩了。

　　小嵐說：「邱先生，如果由你去勸說，估計戴笨旦會不會告訴你密碼。」

　　邱良森搖搖頭說：「很難。這個人是黑森國政府的忠實支持者，政府說什麼都是對的。所以，讓你們離開，或者讓你們把有關消息傳回烏沙努爾，都是他不願意的。」

　　小嵐說：「有什麼方法能令這傢伙開口呢？」

　　這時候，曉星湊了過來：「小嵐姐姐，我想到一個辦法了。」

小嵐說：「說來聽聽。」

曉星說：「我們班的同學小強新近買了一部小遊戲機，有很多新遊戲，哇，真是很好玩呢！同學都想玩，都問小強借。但小強這傢伙挺孤寒的，不肯借，弄得大家都手癢癢的。上個月我們學校去露營，我和小強等幾個同學睡一個帳篷。晚上小強睡得早，我和同學想拿他遊戲機玩，但發現這傢伙用密碼鎖住了，沒辦法打開。於是，我們趁小強睡得迷迷糊糊糊的，就在耳邊問他遊戲機密碼，問了一遍又一遍，到最後，哈，他還真的講出來了……」

曉晴有點不相信：「啊，真的假的？別是吹牛吧！」

曉星說：「什麼吹牛，是真的呢！不信，你打電話問問小強。他第二天發現密碼被我們『騙用』了，氣得差點把我們吃了。」

邱良森說：「曉星小朋友沒說謊，這事我們也幹過，去哄同事說出女朋友的名字，還真行呢！不過也試過不行的。但這小朋友的話啟發了我，我們這隊長是個酒鬼，一喝了酒就亂說話，不如我們把他灌醉了，趁他醉醺醺時問他密碼，看行不行。」

小嵐高興地說：「好！現在天黑了，你趕快回山洞，等會我就把你和戴笨旦兩人關到另一個地方。晚飯時給你們送去酒，你就勸他喝酒，真到醉倒為止。」

邱良森説：「沒問題，這事交給我吧！」

曉星自動請纓：「我也參加，我對這有經驗！」

小嵐説：「好，這事就由你們負責，等你們好消息。」

曉星高興得朝小嵐敬了個警隊禮：「是，Madam！」

一切都按照計劃進行，邱良森和戴笨旦被帶回原先黑心兵住的山洞。晚飯時，邱良森一杯又一杯地灌戴笨旦酒，結果不一會兒，戴笨旦就臉紅耳赤，胡亂説話了。邱良森走出洞口，朝曉星一揮手，曉星蹦跳着跟他進了洞。

戴笨旦躺在地上，臉紅得就像煮熟了的蝦，嘴裏含混不清地説着什麼。曉星湊上去，哇，一陣酒氣醺得他差點嘔吐。曉星生氣地踢了踢戴笨旦：「這死壞蛋，醉了也害人。」

完成任務要緊！曉星用手捏着鼻子湊過去，喊道：「喂，大笨蛋，你的衛星電話密碼是多少？」

「……」戴笨旦嘟嘟囔囔地説了句什麼。

「喂，你説什麼呀？喂！」曉星又踢了他一腳，「我問你的衛星電話密碼是什麼？」

「我問你……的……衛星電話……密碼……是什麼……」這回是説得清楚了，但他卻是把曉星問的話重複了一遍。

曉星火冒三丈：「我是要你告訴我，衛星電話密碼

是什麼？不是叫你鸚鵡學舌！」

「你……是鸚鵡……你學舌……」

「啊，氣死我了！」曉星用手捶着胸口，「我問你電話密碼多少！！！」

「呼呼呼」……真是氣死人了，那傢伙竟然呼呼大睡，任由曉星和邱良森怎樣搖他晃他，他都睡得像死豬一樣。

「天哪！」曉星崩潰了。

「小弟弟，我來試試。」邱良森湊近戴笨旦，「隊長，我問你，你那衛星電話的密碼是多少？密碼，衛星電話密碼……」

「密碼……密碼……哦，我不能告訴你……不能……」戴笨旦喃喃地說。

曉星和邱良森交換了一下失望的眼神。唉，又失敗了。

兩個人努力了一夜，已經精疲力盡了，但那戴笨旦仍然沒說出密碼。小嵐派來問消息的人來了一次又一次，也都失望而回。

眼看快到清晨了，曉星再沒有耐性了，他衝着戴笨旦的耳朵，大聲說：「密碼！大笨蛋你這個壞蛋，你這頭蠢驢，這隻死老鼠，這隻臭蒼蠅……」

正感到洩氣時，突然聽到戴笨旦說：「密碼……嘻嘻，這密碼只有……我……知道，只有……我……記

得，5203555，我記性多好，多好。5203555⋯⋯」

曉星喜出望外，他一邊念着「5203555，5203555⋯⋯」一邊衝出了山洞。

「小嵐姐姐，問到了，是5203555！」

山洞外面，小嵐幾個人正點燃篝火圍坐在一起，商量事情，萬一問不到衛星電話密碼怎麼辦。聽到曉星喊聲，都又驚又喜，馬上站了起來，七嘴八舌地問：「啊，真的問到了？」

曉星興奮地説：「是的，那傢伙説了一串數字，5203555。」

龍一早已拿出衛星電話，在上面按着：「5⋯⋯2⋯⋯0⋯⋯3⋯⋯5⋯⋯5⋯⋯5⋯⋯」

叮叮咚咚幾下解鎖聲，啊，電話亮了，亮了⋯⋯

「太好了！太好了！」終於可以跟外面聯絡了，大家都興奮得歡呼起來。

龍一把電話遞到小嵐手裏：「快打電話求援！」

小嵐接過電話剛要撥號，電話卻忽然響了起來——有人打電話來！

大家馬上緊張起來。

小嵐把電話遞給身邊的邱良森，説：「邱先生，你接。」

邱良森接過電話：「喂！你找隊長嗎？他有事走開了，我是邱良森。」

「我是賓郎大隊長⋯⋯」

邱良森小聲對大家説：「是賓郎大隊長，他是好人。」

小嵐朝邱良森打了個手勢，讓他用免提。

邱良森趕緊按了一個按鈕，所有人馬上聽到了對方聲音：「你們幹嗎不開電話，我都打了好多次了，都是關機！邱良森，你聽着，你們趕緊想辦法離開千沙島。我剛收到消息，政府不想發現證據的事傳出去，所以想殺人滅口，今天上午巡邏艦以送食物為名，實則是上島把你們全部滅口⋯⋯」

邱良森大吃一驚：「大隊長，這是真的？！」

「千真萬確！我收到消息就馬上給你們電話了。我沒法來救你們，你們只能想辦法自己逃命了，千萬別回國，回來會沒命的。之前回來的那批參加過挖掘大石的人，已全被秘密殺害了。你們有多遠逃多遠⋯⋯」

突然冒出了一把狂怒的聲音：「豈有此理，竟然要殺我們！我戴笨旦忠心耿耿，沒想到有這樣的下場！」

大家一看，原來是戴笨旦。他不知什麼時候醒了，從洞裏跑了出來，剛好聽到了大隊長的話，氣得咬牙切齒揮拳頭，大聲吼叫。

賓郎隊長顯然聽到了戴笨旦的話，在電話那頭説：「戴笨旦，認命吧，我只能幫你們到這一步了，快逃命吧！好，收線了，讓人知道我告訴你們這事，要坐牢

150

的。你們保重，再見！」

戴笨旦抱着頭蹲在地上，吼着：「為什麼？為什麼？！」

小嵐冷笑一聲：「你現在知道了吧，你們效忠的是一個什麼樣的政府了吧！」

「知道了，現在知道了！太狠毒了，為了保密，為了繼續説謊，竟然想要我們的命。我以前真是瞎了眼啊！」戴笨旦拍拍胸口，説，「小姑娘，從現在起，我不跟你們作對了。那個混帳黑森國政府，我也從此不再效忠了。如果有命回去的話，我一定要把他們的黑心事告訴所有人。」

小嵐心想，這傢伙，算你覺悟得快！

她説：「好的。對於願意跟我國友好的人，我們都歡迎。」

小嵐看看手錶，離巡邏艦到來的時間只有一小時了。她趕緊撥了電話給萬卡，以最簡潔的語言説了他們來了千沙島，發現了證據，現在遇到危險等等。萬卡聽了大吃一驚，這幾天他日忙夜忙，連打個電話給小嵐的時間也沒有，所以他一直沒發現小嵐他們的真正去向，還真的以為他們在外面旅行呢！

時間緊迫，即使通知附近巡邏的船隻趕去，或者派出飛機，一小時的時間都是十分緊迫，他匆匆説了一句：「小嵐，放心吧，萬事有我！等會兒見。」

捍衛國土的公主

　　小嵐説：「有可能的話，盡量帶來各國記者，我要把有關千沙島的有力證據向全世界公布！」

　　小嵐打完電話，一直緊張的神經才鬆馳下來。雖然危險還未排除，但有萬卡那句話，她完全放心。

　　小嵐對邱良森説：「麻煩你去通知杜先生他們，帶上你們那三個兄弟一同來這裏。」

第 19 章 公主領導我們打敵人

不一會兒，島上的所有人，包括跟着小嵐登島的五個人，杜先生等六名保千人士，還有那五個黑森兵，大家集齊在草地上。

來的路上，邱良森把政府派人來殺他們的事告訴了田下一和另外兩個黑森兵，那幾個人氣得跳了起來，一路上罵罵咧咧的，咒罵狠毒的黑心政府。

小嵐對黑森兵說：「全世界愛好和平的人都是我們的朋友，黑森士兵們，你們願意跟我們一起，為正義而戰嗎？」

「願意！願意！」邱良森、田下一、戴笨旦，還有另外兩名黑森兵，都振臂大呼。

「好！歡迎你們加入。從現在起，你們再也不是我們的敵人，而是我們的朋友了。杜先生，請把槍收起來。」

「是！」杜先生把原先指着黑森兵的手槍收起，放進了口袋裏。

「謝謝！謝謝！」黑森兵都挺感動的。

小嵐繼續說：「好，朋友們，我先來介紹一下自己，我是烏沙努爾公國馬小嵐公主。」

黑森兵們「哄」地一聲：「啊，公主？！」

「原來這小女孩是烏沙努爾公主，怪不得這麼厲害！」

田下一説：「謝謝公主給我們機會！」

小嵐微笑説：「不用謝！」

「黑森國政府準備派人來殺人滅口的事，相信你們全知道了。我已經通知烏沙努爾政府，他們會馬上安排人來救援的。」小嵐看看手錶，説，「不過，現在離黑森國的巡邏艦到來的時間，已不足一小時了，極有可能烏國援兵無法在巡邏艦來到之前到達。所以，我們要作好準備，在救兵未到之前，先保護好自己。」

「好！」

「大家聽我指揮。你們趕緊去找石塊，越多越好，如果巡邏艦的人強行登島，我們就用石塊當武器，把他們轟走。」

莫大明説：「我們有槍，可以擊退他們。」

小嵐説：「不。也許巡邏艦上的很多士兵跟邱良森他們一樣，都是被逼來殺人的。我們盡量不使用武器，把他們趕跑就行了。」

那些黑森兵互相交換了一下眼神，都對小嵐的做法很感動。

邱良森突然想起了一件事，説：「公主殿下，要不要先去殺了海灘上那些狗。這些狗經過特殊訓練，兇猛異常，我怕等會船上的人利用牠們來攻擊我們。」

小嵐想了想説：「狗也是一條生命，不必殺死牠們，我想辦法令牠們無法攻擊我們便是。邱先生，曉星，你們倆留下，跟着我另有任務。曉晴蘇蘇，你們紮幾個火把，負責給搬石的人照明。其他人馬上去搜羅石頭。」

　　大家散開之後，曉星興奮地問：「小嵐姐姐，你給我什麼重要任務？比去找石塊還重要？」

　　小嵐説：「是呀！」

　　「小嵐姐姐，你把這樣重要的任務交給我，絕對是最最最最英明偉大的決策！」曉星挺狗腿地拍着馬屁，又説，「我是誰？哈哈，英俊瀟灑聰明伶俐舉世無雙天上人間絕無僅有……」

　　邱良森張着嘴巴，看着曉星：「曉星小友，原來你這麼厲害！」

　　曉星趁機大吹牛皮：「我還有更厲害的呢！我……」

　　小嵐打斷他的話：「少費話，跟我來。」

　　曉星問：「我們這是去哪裏？」

　　小嵐沒吭聲，邱良森拿着火把為她照路。

　　一會兒，小嵐在一叢亂草前面停了下來，她蹲下身體，撥開雜草，露出了一小片有着黃色小果實的植物。

　　曉星問：「小嵐姐姐，你是讓我們來找野果子嗎？好像山洞裏還有食物呢！這野果子很好吃的嗎？」

捍衛國土的公主

曉星邊説，邊摘了一顆果子扔進嘴裏。

小嵐睜大眼睛：「喂喂喂，別吃！這東西有麻醉作用呢！吃了會昏睡七八個小時。」

「呸呸呸⋯⋯」曉星嚇得趕緊把紅色果子吐出來。

小嵐説：「你們等會兒把這些黃色果實帶回山洞，把它的汁壓出來，跟牛肉混在一起，然後去餵海灘上的狗。狗吃完大約十分鐘就會睡得死死的，你們就把牠們綁了，把牠的嘴攏住，別讓牠們傷到人。」

曉星一聽就很開心：「哇，這太過癮了！我終於可以報仇了。這些小壞蛋之前弄得我們登不了島！」

邱良森也笑着點頭：「公主殿下，您這辦法真好。這樣那些畜牲就兇不起來了。」

當接近早上七點時，一切已準備妥當——邱良森和曉星已經把那些呼呼大睡的狗一隻隻綁好；登島那條路的最高點已經堆滿了大小石塊，只要敵人一出現在海灘上，便給他們迎頭痛擊！

雖然只有十幾個人，但大家都信心滿滿的。

這期間，小嵐都不時眺望着水天連接處，希望從那裏冒出來救援的船隻，又不住抬眼望向藍色天空，希望見到烏沙努爾的直升機到來。

不管他們士氣有多高，畢竟是以寡敵眾，恐怕抵擋不了多長時間。如果在救兵到來之前，讓巡邏艦的黑森兵登上島，那不管是烏國人，還是之前守島的五個黑森

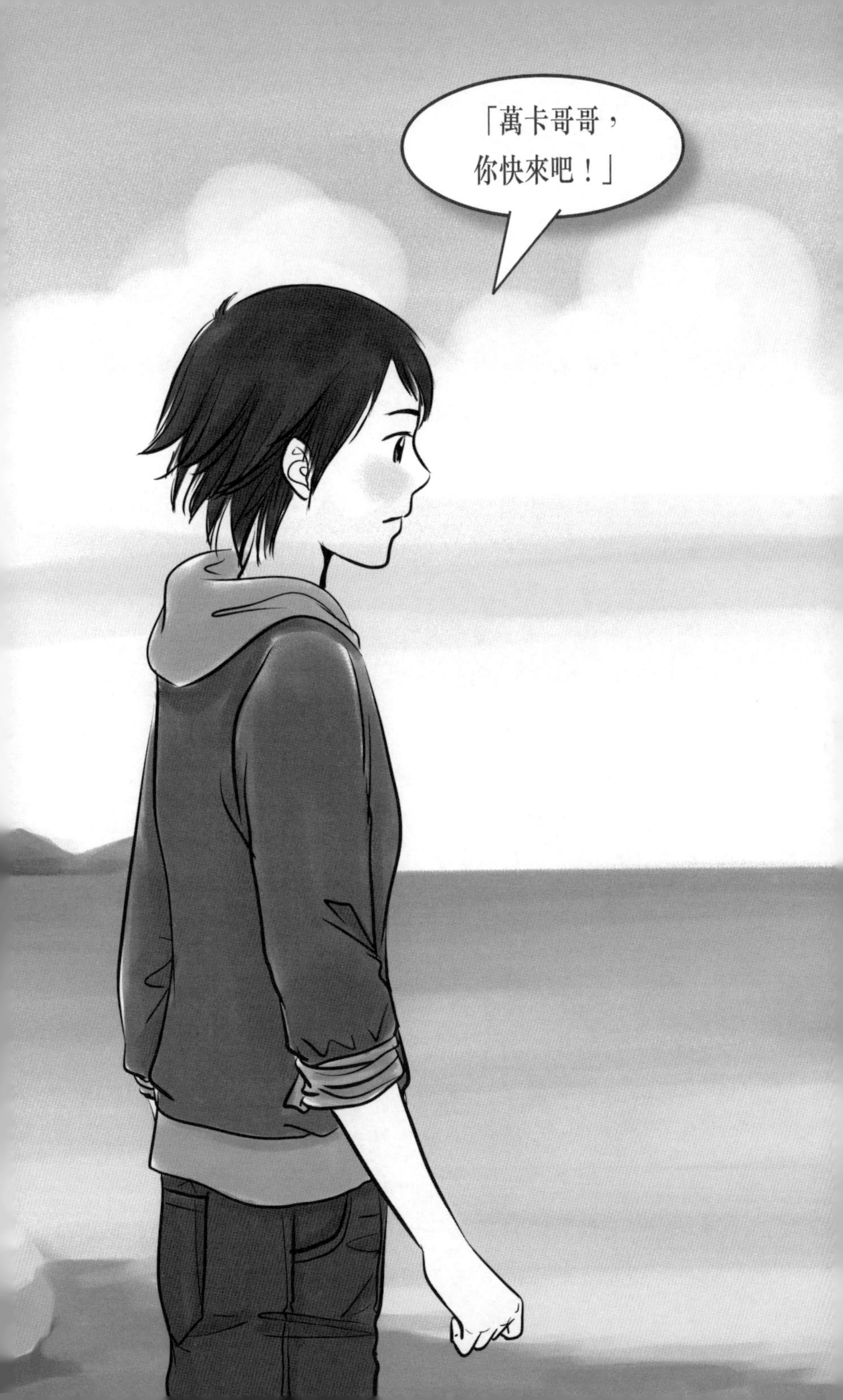
「萬卡哥哥，
你快來吧！」

兵，都會面臨被殺的危險。

萬卡哥哥，你快來吧！小嵐十分焦慮，心裏吶喊着。

「轟轟轟……」遠遠傳來一陣船隻開動的機械聲，大家都緊張地朝聲音發出處望去，因為這時候來的船隻，不是朋友就是敵人。

聲音越來越近，戴笨旦罵了一聲：「該死，是巡邏艦！」

啊，真是黑森國的巡邏艦呢！

小嵐說：「大家沉住氣，等他們上了海灘時，再扔石塊。」

「是！」

只見那艘巡邏艦越駛越近，連站在甲板上的黑森兵都看到了，起碼有五十多人呢！只見他們個個拿着槍，全副武裝的。

一個胖子站在那些黑森兵面前，正指手劃腳地說着什麼。

曉星眼尖，小聲說：「啊，我認得那大胖子，就是來的時候朝我們射水的壞蛋呢！」

這時候，胖子已經訓完話，和那些士兵一起，分別登上了懸掛在船邊的十來隻快艇。快艇慢慢地被放到海面上，然後「突突突」地向海灘駛來。

大家都緊張地看着，只等那些黑森兵一進入襲擊範

圍，就動手。

五十多個黑森兵在胖子帶領下登上沙灘，胖子東張西望的，好像在找什麼，又聽到他轉頭對身邊一個小頭目樣子的人說：「奇怪，那些守灘的狗到哪去了？」

小頭目說：「哦，可能去散步了吧！」

胖子瞪了他一眼：「散你個頭！」

曉星聽了樂得捂着嘴笑：「嘻嘻，你們的狗在某個地方做着美夢呢！」

胖子手一揮，叫黑森兵跟在他後面，五十多個黑森兵排成直行，兩人一列，沿着那條登島的路上來了。

小嵐大喊一聲：「一二三，扔！」

小嵐話音剛落，石塊就像雨點般朝黑森兵扔過去。

「啊，救命啊！」一時間鬼哭狼嚎，那些黑森兵有些被石塊擊中，抱着頭叫痛，有些目定口呆，大多數人掉頭就跑。

轉眼間，黑森兵全都退回海灘上了。

「誰？是誰？是誰幹的？」胖子顯然被石頭砸中了，摸着頭喊着，「媽呀，我頭上起了個大包了！好痛啊！」

曉星忍不住哈哈大笑，大聲朝下面喊道：「是我幹的，是我們幹的。哈哈。我報仇了！之前你們用水槍射我們，現在我們用石頭砸你們，這叫『禮尚往來』。你們聰明的就快些滾蛋，要不石頭侍候！要你們頭上長

包，長滿包，豬肉包牛肉包叉燒包小籠包流沙包，好多好多包！」

胖子愣住了：「你們是前幾天那條船上的人？你們不是淹死了嗎？怎麼還在！」

曉晴大聲說：「你才死呢！我們好好的，還登上千沙島呢！氣死你！氣死你！」

胖子惱火地說：「好，今天就讓你們一鍋熟！我們這就衝上去，一個也不放過！」

一直沒哼聲的戴笨旦吼起來：「死肥仔，你敢上來，我把你砸到變柿餅！」

胖子認出是戴笨旦，惡狠狠地說：「戴笨旦，你真是膽大包天，竟然夥同非法登島者來打自己人。你聰明的就馬上抓住那些人，將功贖罪，要不，軍法嚴懲！」

戴笨旦說：「哼，是你們逼我的！你以為我不知道，你們是來殺人滅口的，想掩蓋發現證據的事。」

胖子一愣：「啊，你們怎麼知道的？那好啊，知道還不快快受死！你等着，我們衝上去後，格殺勿論，一個不留！」

他又扭頭對黑森兵喊道：「衝啊，第一個衝上去的有賞！」

黑森兵們害怕頭上起包，都畏畏縮縮的。一個黑森兵問：「長官，你帶頭，領着我們衝吧！」

胖子說：「你找死啊！叫我帶頭，你不知道押後最

重要嗎？快衝，不然回去軍法懲處！」

眾士兵只好又一窩蜂地往上衝，小嵐大喊一聲：「一二三，扔！」

石頭又再次雨點般砸向黑森兵。

「爹呀！」

「媽呀！」

「老婆呀！」

「仔啊！」

黑森兵又狼狽地退回海灘。

就這樣，小嵐他們擊退了黑森兵一次又一次的進攻。

「氣死我了！」胖子聲嘶力竭地吼着，他轉頭對小頭目說，「咱們回船上去！」

看着胖子氣急敗壞地帶着黑森兵乘坐快艇返回巡邏艦，大家都高興得拍起手來：「好啊，敵人逃走了！」

小嵐心想，沒那麼容易吧！肯定有陰謀。

這時，見到在胖子的指揮下，黑森兵們開始調校船甲板上的大炮，另一些人則搬來一箱箱炮彈。邱良森喊了聲：「糟了，他們想用大炮來炸我們呢！」

大家愣了，難道就這麼成了炮灰？

曉星扯着小嵐的手：「小嵐姐姐，天下事難不倒的小嵐姐姐，你快想辦法，想辦法制止他們吧！」

小嵐皺着眉頭，眼前這件事可難倒自己了，怎麼辦

呢？

　　眼看巡邏艦上的那座大炮在黑森兵的調校下，黑烏烏的炮口已經對準了小嵐他們。

　　正在這危急時刻……

第 20 章　以公主的名義

正在危急的時刻，人們忽然看到，晨霧中，一大片漁船由多善市方向朝着千沙島急駛而來，黑壓壓的，數不清是一百艘，還是一千艘，反正是以千軍萬馬的氣勢，向這邊駛了過來。

巡邏艦上的人也發現了，他們都停下手，愣愣地看着那些漁船。

「啊，是我們的人！是我們的人！」曉星抱着蘇蘇，情不自禁地跳了起來。

大家歡呼起來：「啊，我們有救了！」

漁船越來越近，聽到一陣陣怒吼聲傳來：

「千沙島是我們的！打倒黑森國政府！打倒侵略者……」

吼聲震天撼地。

巡邏艦上的人顯然害怕了，胖子一揮手，所有人都跑進了船艙，接着把船掉頭想逃跑。

但他們跑不了啦，千百隻漁船圍了過來，把巡邏艦團團圍住。

哇，痛快！

在千沙島上的人們看得清清楚楚，大家開心得拍起掌來。

正在這時，聽到頭上有直升機聲，大家抬頭一看，啊，十幾架直升機，在頭上盤旋，尋找下落的地點。

戴笨旦說：「我知道哪裏能降落，我給他們發訊號！」

他跑了去，很快指引着十幾架飛機平安降落了。

從第一架直升飛機裏走出了萬卡國王。

「萬卡哥哥！」曉星飛跑過去，摟住萬卡，「萬卡哥哥，剛才好險啊，真嚇死我了！」

萬卡摸摸曉星的頭，說：「怕什麼，我說過一定來救你們的。」

這時小嵐也走過去了。萬卡用寵愛又帶點責怪的眼神看着她。小嵐笑呵呵地說：「回去再罵我吧！先處理好這裏的事。」

這時，其他直升機上的人也都下來了，嘰裏咕嚕的，說着不同國家的語言，原來是萬卡在極短時間內，把駐烏沙努爾公國的外國新聞社記者全帶來了。

就在那塊有着重大意義的大石旁邊，照相機設置好了，攝影機準備好了，萬卡朝小嵐點點頭，千沙島上的烏沙努爾公國新聞發布會開始了。

一百多人鴉雀無聲，每個人的目光都看着站在大樹下的烏沙努爾公主馬小嵐，海風陣陣掠過，把她的頭髮吹得一拂一拂的。

「各位，我是馬小嵐。今天，我以烏沙努爾公國公

主的名義，站在我國的領土——千沙島上，向全世界宣布，千沙島是我們的，千沙島屬於烏沙努爾人民。

「大家都清楚，千沙島的主權問題，本來是毫無疑問的，自古以來就歸烏沙努爾所有。黑森國政府一直在覬覦烏沙努爾的大好河山，多次發動戰爭，妄圖掠奪我們的國土，給烏國人民造成極大的痛苦和災難。這場戰爭最終以侵略者失敗告終。黑森國政府賊心不死，他們混淆視聽，顛倒黑白是非，製造假證據，一直在千沙島島權誰屬問題上糾纏不休，在最近，竟然非法逮捕進行和平登島活動的六名烏國人士，是可忍，孰不可忍。

「最令人氣憤的是，黑森國政府竟然派人登島，妄圖毀滅證據——能證實千沙島屬於烏莎爾的證據。現在，我們請出五名人證，黑森國特務大隊的五名士兵，他們就是由黑森國政府派來毀滅證據的其中五個人。」

戴笨旦等五人走出來，各人報出身分：

「黑森國特務大隊戴笨旦！」

「黑森國特務大隊邱良森！」

「黑森國特務大隊田下一！」

「黑森國特務大隊劉連！」

「黑森國特務大隊網果！」

由戴笨旦做代表發言，把他們如何被派來尋找大石，如何想把大石毀滅，又如何不成功而暫時把大石深埋地下。他氣哼哼地，還捎帶把黑森國政府要殺人滅口

之事也說了。

　　各國記者都為黑森國的無恥和狠毒感到十分震驚。

　　小嵐繼續說：「各位，現在向大家出示物證，黑森國政府想毀掉、但上天保佑終於保存下來的、能證實千沙島屬於烏沙努爾的有力證據。」

　　小嵐手指着大石上清晰可見的烏國古字：「大家請看，這是一四零四年，烏沙努爾的多善縣長官惠萊親筆所寫，由工匠鑿於大石上的字……」

　　記者們都一窩蜂湧了上去，紛紛拿起照相機呀攝影機呀拍攝起來。此刻，在晨光的照耀下，大石上「千沙島，烏沙努爾的藍色寶石」十二個大字熠熠生光，像在驕傲地向世界昭示：千沙島是屬於烏沙努爾的！

　　小嵐繼續說：「正如剛才五名黑森國軍人所說的，這大石上的字已由黑森國派來的考古專家鑒定無誤，實屬當年古文物。所以，這碑文已充分證實千沙島島權誰屬。當然，我國會派專家前來作進一步考證，稍後會把更詳細的資料向全世界公布。」

　　小嵐最後說：「烏沙努爾是一個愛好和平的國家。多年以來，黑森國政府為着他們擴張的野心，多次對我國進行挑釁。我想在此警告黑森國政府，停止你們的挑釁行為。以烏沙努爾的強大，完全可以打敗你們，如果你們膽敢挑起事端，我們是絕不會手軟的，英雄的烏沙努爾人民絕不畏懼強權。

捍衛國土的公主

「我們不怕戰爭，但我們反對戰爭，戰爭讓人類失去家庭，失去親人，失去自由。在第一次世界大戰中，有三十多個國家、十五億人口被牽扯到戰爭中，對人類造成了巨大的物質和精神損害。在第二次世界大戰中，全球因戰爭死傷人數共計六千多萬人。從這些數字上可以看出戰爭是多麼地殘酷，在這些血腥的戰爭中，無辜的平民是最可憐的。他們為了逃避戰火，流離失所，天真可愛的孩子們也因此失去了美好的童年。所以我們一定要制止戰爭，維護和平。

「我們希望生活在一個和平的世界，但和平世界是需要全人類攜手共建的。我希望，在不久的將來，不再有坦克和大炮，不再有導彈，全世界的人們都會像一家人那樣和睦相處、互相關心。讓我們一起創建和平的世界吧！」

「嘩啦啦……」掌聲震天動地，所有人都為小嵐這番話鼓掌。

記者們都忙壞了，有的咔嚓咔嚓拍照，有的用攝影機攝錄下小嵐的每一個音容笑貌和每一句鏗鏘話語，有的十指飛快地在電腦上寫新聞稿……

這時候，海面上一陣歡呼聲吸引了人們的注意力，啊，原來是烏國的兩艘軍艦來了，漁船上的人們歡呼起來。

只見兩艘大型軍艦上站滿了持槍的烏國軍人，個個

威風凜凜。島上的人見了，也都拍起手來。

萬卡拿出揚聲器，向軍艦發出命令：「我是烏沙努爾國王萬卡，『和平號』、『正義號』巡邏艦上的官兵聽令！」

兩艘軍艦上的烏國軍人一齊回應：「時刻準備着，保家衞國！請國王下令！」

萬卡手一揮，說：「馬上把擅入我國千沙島海域的黑森國巡邏艦拘留，並逮捕船上所有人員！」

「是！」威武雄壯的聲音響徹千沙島海域。

轉眼間，烏國戰士跳到黑森巡邏艦上，不到十幾分鐘，黑森兵全部被擒。

小嵐向烏國士兵喊道：「士兵們，你們是好樣兒的！向保衞國家的英雄致敬！」

士兵們也一齊朝小嵐喊道：「謝謝公主！向公主致敬！」

站在甲板上的士兵「嚓」地立正，整整齊齊地給小嵐敬了個軍禮。

來的路上，他們已經知道小嵐勇闖千沙島，救回六名保沙人士，還找到了最有說服力的島權證據。他們對這位勇敢美麗的公主佩服得五體投地。

直升機一架架起飛，載着各國記者飛回多善市，相信全世界都會很快知道這一鐵的事實——千沙島是屬於烏沙努爾的。

捍衞國土的公主

讓那些跳樑小丑去嚎哭吧，去懊惱吧！去捶胸頓足吧！千沙島永遠屹立在烏沙努爾的領土上！

萬卡命令兩艘軍艦把黑森國巡邏艦和艦上人員先帶回多善市，擇日起訴他們入侵烏國領土之罪。

萬卡國王和曉晴曉星、蘇蘇，還有龍一一一擁抱，讚揚他們勇敢機智保衛了國家領土。也和杜先生等保千人士一一握手，感謝他們捍衛國土的勇敢無畏。

萬卡國王還和戴笨旦等五名黑森國軍人一一握手，感謝他們勇敢地站出來說了真話，並承諾，一定會保護好他們以及他們的家人，他們永遠是烏國人民的好朋友。

扭頭不見了小嵐，萬卡四處張望，見到幾米之外的一棵大樹上樹葉無風自動，茂密的樹葉中露出一截水藍色的牛仔褲。

這牛仔褲的主人一定是小嵐，這傢伙爬上樹幹什麼。萬卡正想着，突然聽到「啪」一聲響，那是樹枝的斷裂聲，緊接着有個人從樹上掉下來。萬卡毫不猶豫地一個箭步上前，把掉下來的人接住。

那道衝擊力令他們一齊滾落地上，幸好地上是厚厚的草地，他們才沒有受傷。

萬卡站起來，又伸手拉起小嵐，一邊拍她身上的草屑，一邊哭笑不得地說：「我的公主殿下，你爬樹上幹什麼？」

小嵐指指自己背着的包包，只見鼓鼓囊囊的，咦，還有東西在動呢！

萬卡説：「啊，什麼東西？」

「登登登登！」小嵐從包包裏拿出一隻小動物。

萬卡一看，啊，原來是一隻小松鼠。牠身上的毛是褐色的，只有一隻耳朵是白色。

萬卡笑着説：「這小松鼠好可愛。」

這時，曉星過來了，一見小松鼠，他高興得歡呼起來：「啊，小白耳，小白耳你回來了！」

萬卡笑道：「怎麼，你們好像是老朋友了？」

小嵐説：「是啊，前幾天牠還掩護過我們呢……」

小嵐剛要把事情告訴萬卡，曉星卻爭着説：「我說，我説！」接着，他眉飛色舞地把小白耳的光榮事跡告訴了萬卡。

萬卡呵呵地笑着：「哈，那牠還是咱們的小功臣呢！」

小嵐説：「我們把這小功臣帶回去，讓牠跟跳跳作伴。」

曉星興高彩烈地説：「同意！同意！」

曉星歡天喜地的把小白耳拿去給蘇蘇他們看，萬卡趁機板着臉教訓小嵐：「誰叫你自作主張，跑來這麼危險的地方！我一直以為你們真的去了旅行呢！」

小嵐朝他做了個鬼臉，説：「嘻嘻，我們真的是在

千沙島旅行啊！你看，我們摘野果、抓小松鼠、住山洞，還玩了尋寶遊戲和打壞蛋遊戲，嘻嘻，比旅行還精彩呢！」

萬卡輕輕敲了她腦瓜一下，滿臉寵溺：「這麼危險的事，在你嘴裏都成了遊戲！你不知道，我知道你們到了千沙島，是多麼的擔心！」

小嵐打着哈哈說：「別擔心，你不知道我是『天下事難不倒』的馬小嵐嗎？還有，我是個逢凶化吉的小福星呀！遇妖降妖，遇魔斬魔！」

萬卡無奈地笑了：「不過，無論如何，你這次真是立了大功，找到了這麼有力的證據，黑森國政府再也無法興風作浪了。回去後，我向國會提議給你們五個人頒發英勇勳章。」

「啊，萬卡哥哥，真的要頒給我們英勇勳章？！」曉星不知什麼時候跑了過來，聽到了萬卡的話，驚喜地追問。

萬卡笑着點點頭。

「哇，酷斃了，那我豈不是我們學校第一個獲得勇士勳章的男同學！」他又開始給自己扣高帽，「哇，我真是英勇無敵、天下無雙、前無古人、後無來者、聰明得天上有地下無、帥得一塌糊塗的曉星啊！咳咳咳……」

他一口氣說得太多不小心讓口水嗆了，咳嗽起來，

惹得小嵐和萬卡哈哈大笑。

萬卡留下一隊士兵守島，然後帶着眾人坐直升機去多善市，然後轉機回去了。到家後，萬卡急着回去處理事務，小嵐一行人就回嫣明苑。瑪婭帶着眾侍女在大門口迎接公主和她的朋友們。

「瑪婭姐姐好，各位姐姐好！」曉星嘴巴甜甜的，又問，「笨笨和跳跳呢？我的天才小粉豬又學了什麼新本領了？」

聽到曉星問，女孩子們都掩着嘴笑了起來，曉星搔搔頭：「怎麼啦？」

瑪婭朝花園那邊努努嘴：「在裏面，你去瞧瞧。」

於是一行人去了花園。

啊，好震憾的場面！

有兩個小傢伙用後腿直直地站立着，一本正經地用兩隻前爪捧着一個小玉米，在一口一口地啃着，左邊那個是小松鼠跳跳，右邊那個，居然是小豬笨笨！

天才小笨笨成了世界上第一隻會喵喵叫的、懂得用手拿食物進食的小豬。

* * *

「後來呢？後來呢？」相信一定有小讀者仍然意猶未盡，還在追問故事結果。

噢，是要交待一下。

第一件事，以龍一為組長的，由七個國家的考古專

家組成的考古小組登上千沙島。經過嚴密的科學考證後，證實千沙島上那塊大石的字的確是產生於六百年前。這證明了起碼在六百年前千沙島已是烏沙努爾的領土。黑森國政府在證據面前、在全世界人民的共同譴責中不得不夾着尾巴乖乖認錯了；第二件事，烏沙努爾要求黑森國政府絕不能傷害戴笨旦等五名黑森士兵及其親屬，這事會交由世界人權組織監察；第三件事，在烏沙努爾政府的要求下，賣國賊寶安被逮捕並押送回烏沙努爾，他會因出賣國家利益罪被起訴，等待他的將是漫長的牢獄生涯；第四件事，小嵐和曉晴、曉星，還有龍一、蘇蘇，均被授予一級英勇勛章，他們的事跡被寫入歷史；還有第五件事，小伙伴們去旅行的願望很快如願以償了。

在萬卡的帶領下，他們到了風景如畫、充滿童話色彩的丹麥。

哇，海邊那座是小美人魚的雕像嗎？快去跟她一起照相。

大家一齊擺個好看的姿勢，咔嚓！噢耶！